GENTOSHA

二十二歳の穢《けが》れ

館　淳一

幻冬舎アウトロー文庫

二十二歳の穢《けが》れ

目次

プロローグ

《調教代行／黒き欲望の戦士団
●あなたの恋人、妻、セックスパートナーに不満はありませんか？
●マゾ調教のベテランたちが、あなたに代わって、どんな女性でも短期間で献身的な性奴隷に調教いたします。
●報酬はいただきません（ただし当方の条件を承諾していただいた方のみ）。秘密厳守。
●詳しくはＩＤ＊＊＊＊「大佐」までメールにて問い合わせてください。
黒き欲望の戦士団・指揮官》

第一章　捕獲

美貴子《みきこ》はいつもどおり、午後六時半に私鉄・夢見山駅で降りた。

夕暮れの西口駅前広場をバス停へと急ぐ。すると背後から声をかけられた。

「もしもし、杉原《すぎはら》美貴子さん？」

「えっ？」

ふり向いたとたん、強烈なライトを浴びせられて目が眩《くら》んだ。

「間違いない、この子だ」

背広を着てサングラスをかけた青年が美貴子の右手を摑《つか》んでグイと後ろにねじあげた。

「アッ」

体が半回転して左手に提げていたバッグを落としてしまう。右手首に冷たい金属が触れたと思うと、ガチャッという音がした。見ると手錠だ。手錠が自分の手首に嵌《は》められている。

美貴子は目がまん丸になるほど驚いた。

「何をするんですか！」

叫んだ時にはもう一方の手も摑まれて、すごい力で後ろへねじ曲げられていた。

ガチャリ。

そちらの手首にも金属製の環《わ》が嵌められた。会社帰りのOLは一瞬にして後ろ手錠をかけられ、両手の自由を奪われてしまったのだ。

(これは……どういうこと⁉)

何がなんだか瞬時には理解できなかった。

帰りのラッシュでごったがえす駅前で、スリか何かの現行犯のように、問答無用で手錠をかけられるなんてことが、あるだろうか。

しかも気がつくと、真正面にいるのは大きなビデオカメラを肩にかついだ若者だ。カメラの上に取りつけられたライトが強烈な光を浴びせている。その後ろにいる助手らしい男が、美貴子のバッグを拾い上げた。こっちの二人はTシャツにジーンズという恰好。

(これって、ビデオの撮影?)

刑事ドラマか何かの出演者と間違えられたのだろうか。美貴子は叫んだ。

「人違いです！　放して！」

「きみは杉原美貴子。勤務先は大手町のブルゴン商事、総務部厚生課だろう?」

手錠をかけたサングラスの青年が、微笑を浮かべながら訊《き》いた。

「そ、そうですけど……」

「人違いではない。きみは逮捕された」

肩を押して広場の片隅に駐《と》めたライトバンへと強引にひきずってゆく。

OLらしい可愛い娘が公衆の面前で後ろ手錠をかけられて、それをビデオカメラのライトが皓々《こうこう》と照らしだしている。注目を浴びないわけがない。

「なんだ、何してんの、あいつら？」

「何のビデオ撮影？　テレビ？」

「AVじゃないの？　あ、いい女だなぁ」

周囲に人の輪ができたが、ビデオカメラマンが撮影しているのを見て、誰も疑わなかった。

昨今は街頭のあちこちでこういった撮影クルーを見かける。珍しいことではない。

「逮捕って、どういうことですか？　どうして逮捕されなきゃならないんですか？」

むりやりバンの後部座席に押しこめられた美貴子が、さらに助けを求めて叫ぼうとすると、先に乗っていた別の男が押さえつけ、黒い棒のようなものを首筋に押しつけた。

バシッ、バシバシッ。

強烈な衝撃が全身を駆け抜け、美貴子は一瞬にして意識を失った――。


――声が聞こえた。男たちの会話。

「大佐。捕獲作戦、完了しました」

スピーカーを通したような声が応答する。

「ご苦労、中尉。誰にも疑われなかったか？」

「ビデオカメラの威力ですね。何かの撮影だと思いこんで、ターゲットが助けを求めても、みんな喜んで眺めていましたよ」

「そうか。では、そっちに行こう」

会話はそこで途切れた。美貴子は徐々に意識を取り戻していた。

（私……どうしたんだろう……？）

記憶が甦《よみがえ》った。

（駅前で、ヘンな男に捕まったんだわ！）

全身がまだ痺《しび》れたようで、頭はボーッとしている。強烈な電気ショックを受けた後遺症だ。

（スタンガン……）

痴漢撃退に用いられる、そういう護身用の武器があることは女性週刊誌の広告を見て知っていた。

（きっと、それを使われたんだわ）

だが、しばらく失神するほど効果があるものだとは知らなかった。

目を開けてみた。真っ暗だった。最初は暗闇かと思ったが、布で目隠しをされているのだと気づいた。体が動かない。まるで夢の中の金縛りのようだ。

（ど、どうしたの……!?）

驚いて夢中で強く動かしてみた。

先端は動かせるが縄のようなものが手首と足首に食いこんで痛い。仰向《あおむ》けになり手足を広げた姿勢で縛りつけられているのだ。おそらくベッドの上に寝かされているのだろう。体の下でスプリングがギシギシと軋《きし》み、体が揺れた。

息が苦しい。

口が塞《ふさ》がっている。布を押しこまれて猿ぐつわを嚙《か》まされているのだ。

肌を撫《な》でるひんやりした空気。

着ていたものを脱がされていることに気がついた時、美貴子は強烈なショックを受けた。

（イヤッ！　裸にされてる！）

パンティだけは残されているものの、ジャケット、スカート、ブラウス、ブラジャー、パンティストッキング……。それらの衣類は誘拐者の手で脱がされてしまっていた。

（な、なんてこと……ッ!?）

体に残る麻痺感は失《う》せ、美貴子はパニック状態に襲われた。

自分は誘拐され、下着一枚の裸にされてベッドに縛りつけられている。

(誰が……？　何のためにこんなことを？)

手錠をかけた青年が自分の名前と勤務先を正確に知っていたのを思い出した。あの時は一瞬、刑事かと思ったぐらいだ。

(最初から私と知って襲ってきたんだ……)

しかし狙われる理由は何だろうか。

——美貴子は二十二歳。

心身共に健康な若い娘だ。

勤め先のブルゴン商事には千人近いＯＬがいるが、美貴子は独身の男性社員たちの間で「好感度ＯＬ」のベスト5に入っている。

美貌、整った肢体の娘なら、彼女より上はもっといるだろうが、目が潤んで、笑っていても泣き顔に見えるあどけない顔が印象的で、男たちをして「おれが守ってやりたい」という庇護欲をかきたてる奇妙な魅力を発散させている。美貴子本人にはハッキリ自覚できないことだが。

美貴子の親は平凡な地方公務員。美貴子自身も一介のＯＬ。企業の重要な秘密を把握できる立場にいるわけではない。

だとすれば誘拐の目的はただ一つ。美貴子の愛らしい肉体。それしかない。

しかも誰ひとり美貴子がこういう危機に陥っていることを知らない。

よほど帰宅が遅くなれば、アパートに同居している、大学生の弟の雅也《まさや》が心配するかもしれないが、それにはまだ時間がかかる。一浪して今年、美術系の大学に入学した弟は、のんびりした気性で、あまり姉のことに関心を抱いていない。ひょっとすると帰宅しなくても気にしないかもしれない。

いまの美貴子は、狼の群れに投げこまれた小羊のように孤立無援の存在だ。

（助けて、誰か……ッ！）

獣欲に狂った男たちによって柔肉をズタズタに裂かれるような凌辱を受ける——その恐怖が理性を吹き飛ばした。

美貴子は必死になってもがいた。標本の蝶類のように自分の手足を左右に展開させている細い縄から何とか自由になろうとしてバタバタと暴れた。

「おやおや、お嬢さまがお目覚めだ」

不意に間近で男の声がした。

ギョッとして美貴子は凍りついたようになった。

（ああっ、恥ずかしい……ッ）

その男――自分を誘拐した一味の一人――は、パンティ一枚にされた自分の裸身を見下ろしている。

秘部以外のすべての部分が視姦されているに違いない。

美貴子は生来の恥ずかしがり屋だった。小学生の頃から学校の身体検査で胸囲を測られるだけで泣きそうになった。それが今、下着一枚の姿で、乳房も手で覆えないような情けない恰好でいる。激しい羞恥で気が遠くなりそうだ。

「暴れてもムダだよ、お嬢さん」

尖《とが》ったものが首筋に押し当てられた。

「ヒーッ」

美貴子は猿ぐつわを噛まされた口から悲鳴を洩《も》らしてすくみあがった。冷たい感触は、自分を気絶させたスタンガンの電極だということは、言われなくてもわかった。

「さっきは二十万ボルトの電圧で気絶してもらった。言うことをきかないと、気絶しない程度に何度でもこいつを食らわせてやる。だからおとなしく言うことをきけ。心配するな。殺しはしない。そうだな、二時間も我慢してくれたら、無傷で帰してやる。わかったか？」

口調はもの静かだが、その奥に、自分の命令には絶対に服従させるという強烈な意志が感じられた。美貴子は必死で首を縦に振っていた。あんな衝撃は二度と味わいたくない。

「わかったなら、見えるようにしてやる」

目隠しが外された。それは安眠用アイマスクだった。

「…………！」

眩《まぶ》しい光に、また美貴子の目が眩んだ。駅前で自分を襲ったのと同じ撮影用のライトの光だ。

三脚に載せられたビデオカメラがベッドの右手、高いところから向けられている。

（な、何なのッ、これは⁉）

周囲を見回して、美貴子は血が逆流するようなショックを受けた。その半分は恐怖、もう半分は羞恥。

男が四人いる。

全員が顔の上半分を覆い隠すプラスチック製の仮面をかぶっている。

仮装パーティーに用いる動物や鳥類を象《かたど》ったものだ。

しかも彼らは首から足先まですっぽり覆い隠す、マント風の黒い寛衣《かんい》を纏《まと》っているから、顔ばかりでなく体型も見当がつかない。その異様な装束《しょうぞく》は美貴子を震えあがらせた。

彼女は病院にあるようなベッドに仰向けに寝かされて、四隅の柱に両手両足を縛りつけられていた。ベッドに敷かれているのはマットだけでシーツもかけられていない。

「正体を見せるにはまだ早い段階なのでね、こんな恰好で失礼させてもらう」

一番頭に近いところに立っている獅子の仮面をつけた男――まだスタンガンを手にしている――が、パンティ一枚にされた若い女性を見下ろしながら言った。唯一顔の中で見えるのは唇。彼の唇は上も下も薄く、笑うと歪《ゆが》んだようになる。

もう二人が反対側に立ち、さらに一人がビデオカメラの後ろでファインダーを覗《のぞ》いていた。それぞれゴリラ、虎、禿鷹《はげたか》のマスクをかぶっている。では誘拐に関与した撮影クルーを指揮していたのは獅子の仮面をつけた男のようだ。

声の感じからして一番年長らしい。彼が言葉を続けた。

「おまえは自分の肉体が目当てで誘拐されたのだと思っているに違いない。それもある。しかし、欲しいのは肉体ばかりじゃない。おまえの心も欲しいんだ」

男の手が美貴子の左の乳房、恐怖のせいで逆に勃起しているピンク色の乳首を突《つつ》いた。

まるでスタンガンの放電を浴びたように、美貴子の全身がビクンとうち震えた。甘酸っぱい、若い娘の体臭がムウッとたちのぼる。

(どうすればいいの……)

意味のある言葉を発することのできない美貴子は、ただ「うーうー」と呻《うめ》くだけ。絶望に打ちのめされて眼前がまた暗くなった。

この密室は牢獄そのものだった。

天井も四方の壁もコンクリート打ちっぱなし。ただ床だけが、病院の手術室を思わせて冷たく輝くタイル。ベッドはそんな部屋の中央に置かれている。

部屋の片隅に蛇口のついた流しが置かれ、もう一方の隅には白い洋風便器。その他には病院の診察室にあるようなガラス扉のついた器具入れ。背の低い洋風簞笥《だんす》。それだけだ。

壁には鉄でできた環やら鉤《かぎ》のようなものがあちこちに打ちこまれている。

天井を見上げると、井桁《いげた》に綱鉄のレールが走っていて、そこから鎖やらロープやらが垂れ下がっていた。

(ここは、拷問部屋……?)

美貴子の脳裏に閃《ひらめ》いたのは、その単語だった。ホラー映画に出てくる、古い館《やかた》の地下、気の狂った当主が若い娘を連れこんで責め苛《さいな》む拷問と凌辱と殺戮《さつりく》の部屋。

彼女は心底、これが悪夢であることを願った――。しかし、悪夢は醒《さ》めなかった。

「さて、自分のいる場所がもっとわかるようにしてやろう」

獅子が言い、ベッドの横枠についているハンドルを回した。ギギギと軋みながら美貴子の上半身が起き上がってゆく。

「アッ」

猿ぐつわを噛み締めて美貴子は目をみはりそれから顔をそむけた。あまりにも惨めな自分の姿が目に飛び込んできたから。

ベッドのまっ正面の壁に大きな鏡が嵌めこまれている。

高さ二メートル、横幅一メートルぐらいの鏡面に、ベッドに大の字にくくりつけられ、白いパンティ一枚だけの若い女のヌードが映っている。

パンティはごくシンプルなデザインだが、生地の木綿がごく薄いものなので、悩ましい秘丘のふくらみを覆う黒い翳《かげ》りが透けて見え、その形状が菱形《ひしがた》をしていることまでわかる。もちろん股布の部分が縦にくっきりと食いこんでいる様も、大きく股を割られているので隠しようがない。

周囲に立つ四人の男たちは、二十二歳の娘の、なめらかで真っ白な肌がサアッと桜の色に染まってゆくのを、欲望に滾《たぎ》る目で眺めていた。

「ううう……」

美貴子の視界がぼやけた。羞恥と屈辱の涙がドッと溢《あふ》れて頬《ほお》を濡らす。

「おやおや、恥ずかしがって泣くとは、今どきの娘にしては珍しい。……最近、そういう娘にはとんとお目にかからなくなった」

　嬉しそうな声で言い、獅子は人さし指でその涙を拭《ぬぐ》ってやる。

「では、おまえを早く家に帰すためにも、ことを早くすませよう。まず猿ぐつわを外してやるが、質問されないかぎり、ひと言もしゃべってはならん。違反すればスタンガンで小便をちびらせてやる。いいな」

　男は唾液をいっぱい吸った布を捕虜の口の中から引き出して床に投げ捨てた。がっしりした手が美貴子の、形よく椀形に盛り上がった、青い静脈を透かせた白いふくらみを摑んだ。

「では、身体検査だ。バストのサイズは？」

　グイグイと強く揉《も》まれてピンク色の乳暈の突端の乳首が赤みを帯びて勃起していった。恐怖と刺激のために。

「八十四センチ……です」

　答える声は喉にからまって老婆のようにしわがれている。

「ウエストは」

　脇腹を撫でられ、「ヒーッ」と悲鳴をあげた美貴子はむきだしのマットの上でたおやかな裸身をのけぞらせた。

「ご、五十八センチですッ」

「ヒップは」

無慈悲に、うら若い娘の羞恥の源泉を覆う薄布を引きちぎりながら質問は続く。

「あーっ、あー……八十五センチ。おお……おー」

すっぱだかにされて一番恥ずかしい秘毛の底の部分まで見られてしまう姿勢の美貴子は羞恥のあまり気が遠くなりかけた。

「ふむ、いい毛だ。シナシナして艶《つや》があってしかも縮れが少ない」

「ああっ、やめて、そこは……」

「初体験はいつだ」

「そんな……」

「言わないと痛い目にあう」

指が秘唇を分けた。サーモンピンクの鮮やかな前庭が完全に男たちのギラついた視線に犯される。男の指が無慈悲にフードをはねあげてちんまりしたクリトリスをつまみ、押しつぶすようにした。

「ひっ、言います。言いますッ……。二十歳の時ですッ」

「相手は」

「会社の、同じ課だった人です。二十五の」

「それが今の恋人か」

「彼とは別れました。今はいません……」

「ほう？　おまえのような可愛い娘が？　嘘をつくな」

「アーッ、本当です。ああ、あああッ。許して下さいッ」

「じゃあセックスの方はどうしているんだ。やりたい時がないとは言わせないぞ」

「それは、それは……」

泣きじゃくりながら無慈悲な拷問に屈した美貴子は、ついに白状した。

「オナニーです。オナニーしてますッ」

週に二、三度という回数まで言わされた。

男は満足そうに頷《うなず》く。

「かわいそうに。男がいないというのは辛《つら》いだろう。幸い、ここには男が四人、いや五人もいる。たっぷり味わってゆけ」

獅子が男たちに頷いた。彼らがベッドの上の女体に襲いかかり、美貴子の地獄が始まった。

「やめて、助けてッ。ヒーッ！」

若い女の悲鳴、哀訴、絶叫、苦悶の呻き。

怒声がワンワンと密室に反響した。甘くやるせない肌の匂いがさらにムッと鼻を衝《つ》く。

さんざんに柔肉を苛んでから、ゴリラの仮面をつけた一人がベッドの上にあがり、斜めに上半身を起こした姿勢の美貴子の顔の前で寛衣の前をはだけた。

下は素っ裸だ。

股間の欲望器官は完全に怒張しきって、充血して真っ赤な亀頭は透明な液でヌラヌラと濡れ、それが糸をひいて滴《したた》っている。

顔も体つきもわからないが、その昂奮ぶりから二十代の逞《たくま》しい器官だとわかる。

ふっくらした唇を割って、それが突きこまれた。悲鳴は止まった。

「う、うぐく……ッ」

獅子は、三人の男たちに口を犯され全身をいじり回されている白い裸身を背後に牢獄を出た。

暗い廊下を進み、すぐ隣にあるドアを開けた。中は薄暗いが、調教室と同じ広さで、机が一つ、椅子が二つあるだけ。

「あっ、大佐……」

調教室を見ることのできるハーフミラーの前に立っていた人物が、あわてて黒い寛衣の下で手の動きをとめた。

彼もまた仮面をつけている。それは鷲《わし》だ。

だから姿かたちは、たとえ美貴子が注意深く観察しても、他の男たちと区別がつかないだろう。まして正体は。

ハーフミラーごしに美貴子が三人の男たちになぶりものにされているのを見ながら、彼は激しく昂奮し、寛衣をはだけて白分の欲望を慰めていたに違いない。

大佐と呼ばれた獅子のマスクをつけた男は、若者に言った。

「出番だぞ。約束どおりに一番最初だ」

「はい、ありがとうございます……」

「きみの夢が実現するわけだ。何年も夢見ていたことが」

「ええ」

返事をする若者の体が震えている。昂奮のあまりの武者ぶるいだろうか。大佐は彼を隣室に導きながら、寛衣の前を突き上げている若さを羨《うらや》んだ。

（まだ二十歳だからな……）

――美貴子は一時的な虚脱状態に陥っていた。

全裸にされて三人の男たちによってたかって体じゅうをいじくり回され、三人のペニスを口の中に突きこまれ、舌と唇の奉仕を要求された。もちろんその間も秘部にも肛門にも指が押しこまれ、中をえぐり回されている。

男たちはうら若いＯＬにフェラチオを強《し》いた。三人目が射精した時は、舌のつけ根と顎《あご》が痺れきっていた。

精液を飲まされるという屈辱感も嫌悪感も、理性が麻痺してしまったせいで、どこかに吹き飛んでしまった。

そこに新たな男が加わった。鷲のマスクをつけた男。明らかに他の男たちより若い。

彼は獅子に促されてベッドに這《は》いのぼってきた。

「…………」

前の三人のようにペニスをくわえさせられるかと思ったが、静かに黒い寛衣を広げるようにして美貴子の上に覆い被《かぶ》さってきた。

（この人は他の男たちと違う……）

乳房を揉まれ、乳首を吸われながら美貴子はそう思った。女体を嬲《なぶ》り弄《もてあそ》びつくした三人と違って、この男の触れ方には何か高貴なものに対するようなうやうやしさが感じられたからだ。

（女性の体に触れるのに慣れていないみたい……）

美貴子は不思議な昂奮を覚え始めていた。

秘部が濡れているのに初めて気がついた。

（いやだ、ひどい目にあっているのに、どうして……？）

美貴子は狼狽《ろうばい》した。

その狼狽の原因を察したかのように若者は唇を美貴子の乳房から腹部へと這わせ、さらに股間へと顔を埋《うず》める。

「いや、ああっ、あっ……」

それまでは指でいじり回されただけだった理由がわかった。

これまでの男たちはこの若者のために最も魅力的な部分の凌辱をさしひかえていたのだ。すべては彼の出番を迎えるための下準備だったのだ。

「おお」

賛嘆の声が鷲の口から洩れた。

指が彼女の秘唇を左右に広げ、コーラル・ピンクが濡れ輝く粘膜の奥底へ熱い息を吹きかけてきた。舌が溢れる蜜液をすくう。

「ひっ。ああー……あー」

美貴子は呻き、なまめかしい声をはりあげて悶《もだ》えた。

ピチャピチャと猫がミルクを舐《な》めるような音が立った。チュウチュウと吸われた。

美貴子はまた理性を失った。甘美な感覚に、いつしか進んで腰を突き上げていた。

三人の男たちは、唇を濡らした若者が体を起こして、寛衣の前をはだけた時、顔を見合わせてニタリと淫靡な笑いを交わした。

濡れた亀頭はピンク色で、それは童貞かほとんど体験がないことを示していたから。しかし勃起したサイズは三人の誰にも負けていない。

「あ、あっ」

濡れた谷間を熱い怒張が何度か往復するたび、美貴子は腰をくねらせていた。彼女も若者が未熟なことは察知していた。

膣口になかなか先端がおさまらない。美貴子は彼が貫きやすいように進んで臀部を持ち上げることさえした。犯される立場だということを忘れて。

「うう……ッ」

若者がようやく美貴子の柔肉を貫くことに成功した時、男たちは顔を見合わせ手を叩き合った。

鷲の仮面の下から汗が美貴子の顎や首に滴り落ちた。

ギシギシとベッドのスプリングが軋み、昂《たかぶ》りきった若者は二分もしないうちに、

「おおッ」

と呻き、ドクドクと熱い精を美貴子の肉奥へと放ち果てた——。

美貴子が帰宅したのは十時すぎだった。

居間に弟の姿はなかった。

「ごめん、遅くなっちゃって……。ご飯、どうした？」

自分の部屋でパソコンに向かっている弟の雅也に詫びると、大学一年、二十歳の若者は熱心にディスプレイを見つめ、姉の方には顔も向けずに答えた。

「うん、残りのカレーですませたから」

「そう。悪かったわね。帰りに短大時代の同級生に会って話しこんじゃったの……」

言い訳してそそくさと浴室へ向かった。

弟は姉の身に何か異変が起きたことさえ気づかないようで、自分の顔さえ見なかった。

(助かった……)

安堵《あんど》の溜《た》め息をついた。

凌辱のあとである。ザッと化粧をなおしたものの、鏡に映った青ざめた顔はひどいものだった。

服を毟《むし》るように脱ぎ捨てた。

パンティは獅子の仮面をつけ、皆から〝大佐〟と呼ばれていた男にひきちぎられたので、下半身は素肌にパンストだけという恰好で帰ってきたのだ。

雅也が入浴したあとらしく、まだ熱い湯が浴槽に満ちていた。五人の男たちにさんざん汚された部分にシャワーの湯をあてると、さすがにその部分はヒリヒリと滲《し》みて、

「うっ」

美貴子は思わず呻いた。

浴槽に身を沈めると、湯の中の白い裸身のあちこちには痣《あざ》が、手首や足首には縄の痕《あと》が残っている。それらの痕跡がいやでも凌辱の記憶を甦らせる。


――最初に美貴子を犯した若者が姿を消すと、待ち兼ねたように残りの三人が凌辱の限りを尽くすために襲いかかってきた。

誰もが美貴子の口の中で射精をすませていたのに、最初の若者に犯される美貴子を眺めて、三本の欲望器官はどれもギンギンに力を取り戻し、肉の凶器と化していた。

「一度に二人ずつだ」

縄をとかれてベッドによつん這いにされ、一人が犯す間にもう一人がペニスを口に突っこんできた。

獅子の仮面をつけた一番年上の男は薄笑いを浮かべながら眺めていたが、三人の若者が果

てると、おもむろにのしかかってきた。彼は焦《あせ》ることなく、余裕をもちながらじっくりと技巧を駆使して美貴子を狂乱させて、その反応を楽しんだ。

それまでの凌辱で美貴子はオルガスムスを得ていなかった。そもそも、これまでのセックス体験では一度も「イッた」という経験がなかった。

その彼女が、獅子に犯されている最中に強烈な快感を味わったというのは、やはり彼がそれだけの技巧を持っていたのか、あるいは、湯が満ちて浴槽から溢れるように、それまでの強烈な刺激が積み重なった結果、子宮に火がついたのか、どちらかだろう。

しかし、獅子は冷静だった。

瀬戸際まで何度も追い詰めては、動きを止める。捕えた鼠をいたぶりながら、なかなかとどめをささない猫のように。

美貴子は、最後は泣きながら、

「お願い。イカせてください。イカせて！」

絶叫していた。獅子は冷ややかな笑みを浮かべて命じた。

「だったら誓え。『私は、これからあなたたちの奴隷になります。セックスの奴隷になって調教を受けることを誓います』と……」

「そ、そんな……」

「イヤなら、いつまでも生殺しだ」

それは、どんな拷問よりも辛い仕打ちだった。遂に美貴子は屈伏した。何よりも、獅子の言葉の意味も、その時は重大な意味をもつとは思えなかったから。

「誓います。奴隷にして下さい。調教して下さい。何でもします、だからイカせて……！」

そのあと、体がバラバラに吹き飛ばされたようなすさまじい快感を味わった。それは、美貴子が生まれて初めて味わった絶頂感覚だった。

——ぐったりと伸びてしまった美貴子に服を着せ、後ろ手錠とアイマスクで自由と視界を奪った凌辱者たちは、誘拐したのと同じバンで駅の近くの無人駐車場まで運び、そこで彼女を解放した。

「誓いの言葉を忘れるなよ」

その言葉を投げつけて。

(——あいつらは、また私を呼びつけるの……？)

熱い湯の中で美貴子は体を震わせた。

(警察に駆けこむべきかしら……)

美貴子はまっすぐに家に帰り、弟にも何ごともなかったような態度を見せてしまった。

(だって、あんなこと、誰にも言えない。言っても信じてもらえないわ……)

第二章　凌　辱

《生肉奴隷競売のお知らせ

戦士各位

新入荷生肉奴隷、3体分の競売を左記の要領で実施します。

●6月29日（土曜）午後8時より。

●戦士団本部ホール

●競売品級別（コードネーム）

Aクラス（ルビー）

Bクラス（パール）

Cクラス（カメリア）

●競売参加希望者は、前日までに戦士団事務局まで連絡してください。

黒き欲望の戦士団／大佐》

「これ、姉さんに届いていたよ」

帰宅した美貴子に、弟の雅也が宅配便で送られてきた包みを手渡した。

(えっ……!?)

サーッと顔色が変わるのが自分でもわかった。

今日は、あの忌まわしい日からちょうど一週間目だったから。

(やっぱり、あの一味は私のことを忘れてはいなかった……)

目の前が暗くなった。

「どうしたの、姉さん？　大丈夫？」

雅也は、貧血でも起こしたようによろめく姉の体を支えた。

「あ、大丈夫。電車が混《こ》んでてて少し気分が悪かったの」

あわてて自分の部屋に飛びこむ。弟には何も知られてはいけない。絶対に……。

勇気をふるい起こし、包みを取りあげた。

差出人の名前は〝黒木仙四〟。明らかに偽名だ。電話番号も架空のものだろう。

開けてみるとビデオテープが一本と、白い角封筒が入っていた。

（やっぱり……！）

ビデオの内容は見なくてもわかる。震える手で封筒に入っていた便箋を開いてみた。ワープロで打たれた文字がグサグサッと美貴子の心臓を切り裂いてゆく。

杉原美貴子へ。

よもや一週間前の奴隷誓約を忘れてはいないだろうな。忘れたのなら同封のビデオを見て、よく思い出すがいい。

あの後、婦人科の診察を受けたのは賢明な処置だが、その必要はなかったはずだ。われわれはみな健康体だし、おまえは安全日だった。長く奉仕させようという奴隷に病気を移したり妊娠させたりしようとするわけがない。その点について、おまえは思いわずらう必要はない。

用件に入る。

《黒き欲望の戦士団》は、おまえに最初の奴隷義務の遂行を命じる。

六月二十九日土曜日、夕刻五時。おまえのアパートから五分のところにある〝夢見山下バス停〟の前で待つがいい。何の仕度も不要だ。体一つで来るがいい。

命令に従わない時は、このビデオと同じものがさまざまな人々に送りつけられることを覚悟しろ。もちろんおまえの弟にも両親にも。

黒き欲望の戦士団・指揮官　大佐

（ど、どうして知っているの？　私が病院に行ったことまで……⁉）

真っ黒な絶望と恐怖に襲われて、ベッドの縁に座った若いＯＬは、思わず便箋を取り落として自分の体を抱き締めた。

どうしようもなくガタガタと体が震える。脳裏を忌まわしい記憶が駆け巡る。

——一週間前、美貴子は勤め帰りに、夢見山駅前広場で誘拐された。ビデオ撮影クルーを装った一味が雑踏の中で彼女に手錠をかけ、スタンガンで気絶させたうえで、どこか知らない密室へと彼女を拉致し監禁したのだ。

美貴子が意識を取り戻した時、彼女は服を脱がされて、裸でベッドにくくりつけられていた。

鳥や獣の仮面をかぶった男たちが、まったく抵抗できない彼女を拷問にかけて恥ずかしいことを告白させ、さまざまに嬲り、痛めつけた。男たちは全員がフェラチオを強要して彼女に精液を飲ませ、さらに犯した。

最後に〝大佐〟と呼ばれる、獅子の仮面をかぶった中年の男が彼女を犯しにかかった。そのさなか、不思議なことに美貴子はすさまじい快感を覚えた。

（犯されて感じるなんて……。そんなバカなことが、どうして⁉）

美貴子の狼狽をよそに快感はぐんぐんと高まっていった。凌辱に次ぐ凌辱の果て、理性が麻痺しきったところで原始的な牝の感覚が甦ったのだろうか。

大佐は決定的な絶頂感を欲する美貴子を、まるで猫が瀕死の鼠を嬲るように弄んだ。

「イカせて欲しかったら、奴隷になると誓え」

遂に美貴子は屈伏し、その時から彼らの性の奴隷になることを誓わされた――。

それらのすべてはビデオに記録されているが、それを再生するまでもない。まだ美貴子の脳裏に生々しく刻みこまれていることだ。

解放されたあと、警察に駆けこまなかったのはなぜだろう？

すべてがあまりにも現実離れしていたせいもある。体に残された凌辱の痕跡がなければ、悪夢を見たのではないか、と自分でも思うほどだった。はたして警察が信じてくれるかどうか、それさえ自信がなかった。

その時は、奴隷の誓いなど、一連の凌辱劇の仕上げの台詞《せりふ》のようなもので、それが後々まで自分を拘束するような深刻な重みをもつものだとは、考えなかった。いや、考えたくなかったといった方が正確だろう。

ただ、頭の片隅にこびりついて離れない疑問がある。

拉致する時、犯人たちはハッキリと美貴子の名前、勤務先を確認している。通勤の時間も知って、待ち伏せていたとしか思えない。

(なぜ、私が、よりにもよってあんな連中の餌食《えじき》に選ばれたのかしら……?)

それがどうしてもわからない。

謎は、今度の指示でまた増えた。

《黒き欲望の戦士団》と名乗る一味は、その後も美貴子の行動を監視している。彼女が婦人科を訪ねて診察を受けたことまで知っているのだから。

(怖い……!)

美貴子はまた自分の体を抱き締めた。どうしようもない震えを押さえるために。


六月二十九日、夕刻――。

五時少し前に美貴子は家を出た。土曜だから会社は休みである。

弟の雅也には「会社のお友達の引っ越しパーティに招かれているの」と告げた。

五分ほどの道すがら、美貴子は自問自答を繰り返していた。

(どうして警察に駆けこまないの？　あいつらの命令に従えば、また死ぬほどの恥ずかしい目にあうのはわかりきっているのに……）

理性は「脅かしに屈してはいけない」と彼女を叱咤する。なのに、感情は「命令に従ったほうがいい」とそそのかす。

（あんな恥ずかしいビデオを皆に見られたら私はもう生きてゆけない……）

実は、弟の留守に、凌辱劇の一切を記録したビデオを何回も再生して見ているのだ。

そのたびに汚辱に打ちのめされ、啜《すす》り泣き、また、自分という弱者を好き勝手に弄ぶ一味に激しい怒りを覚えるのだが、不思議なことに美貴子の肉体は別の反応を示す。

子宮が疼《うず》き、秘部が濡れるのだ。

見終えたあと、必ずベッドに倒れこみ、指で自分自身を慰めずにはいられなくなる。

ポルノチックなものを見ても、そんなふうに激しく昂ることなど、かつてなかったことだ。

どうやら美貴子の内部で、計り知れない変化が起きているらしい。

その証拠に、二度と見ないと思ったのに、また自分が凌辱されるビデオを見たくなる。

（なぜなのかしら？）

美貴子が一番恐れているのは、自分自身の変化ではないか――、そう気がついた時、指定されたバス停留所についた。日覆いの下のベンチには誰もいない。美貴子はベンチに座った。

もう胸がドキドキしている。

（奇妙だわ。まるで初めてデートする女子高生みたい……）

美貴子は不安と恐怖の底に、期待めいたものが潜んでいることを否定しようとして、否定しきれないことに気がついた。

（そんなバカな……。あんなふうに男たちの玩具《おもちゃ》にされて、自分の意志なんかまったく無視された扱いを受けるのに、どうして期待なんか……）

必死に否定するのだが、では、なぜ「デートする機会に」と思って買い、しまっておいたレースのスキャンティを穿《は》いてきたのかと自問すると、答えられない。

何の仕度も必要ないと言われたのに、丁寧に入浴し、ムダ毛を剃《そ》り、キチンと化粧をして、軽やかな夏の服を着てきた。雅也は「デートかな」と誤解したかもしれない。

（ああ、わからない……）

思わず顔を覆った時、声がかかった。

「来たな。杉原美貴子」

ハッと顔をあげると、目の前に小型のパネルバン——家具の運搬などに使われる箱型貨物室をもつトラック——が停まっていた。

助手席から顔を出しているのは、忘れもしない、駅頭で彼女を確認して手錠をかけたサングラスの青年だった。今日もサングラスをかけて、その下は淫靡な薄笑い。

「ちゃんと待っていたとは感心だ。今日はスタンガンなんか使わないから安心しな。ただし、言うとおりにしていたら、の話」

降りて貨物室の扉の前に立った。

「こっちに来い」

夢遊病者のようにおぼつかない足で男の所まで近寄ると、彼は上着のポケットから手錠を取り出した。その時、気がついた。この男は凌辱者たちの中でゴリラの仮面をかぶっていた。獅子や他の男たちは〝中尉〟と呼んでいたようだ。

「後ろに手を回せ」

「…………」

少ないとはいえ人通りのある公道だ。にもかかわらず、この前と同じように男は平然として若い娘に後ろ手錠をかけた。

ガチャリ。

冷たい金属の環を手首に感じると、美貴子の背筋に戦慄が走った。

（これで、またあの連中のものになってしまった……）

汚辱感が彼女を打ちのめした。

「さあ、乗れ。今日はお仲間がいる」

男が貨物室のロックレバーを引いて観音開きの扉を開けた。

「あっ」

美貴子は思わず驚きの声を洩らした。

小部屋ほどの広さがある貨物室には、荷物ではなく人間が積みこまれていた。

女性が二人、やはり後ろ手錠をかけられ、黒い布で目隠しをされて、段ボール箱を敷いた床の上に転がされていたからだ。

「今日はパーティだ。お仲間がいるのさ」

男は美貴子にも黒い布で目隠しをすると、体を軽々と抱えあげて貨物室に積みこんだ。すでに並んで横たえられている二人の傍らに仰向けに寝かせる。

「おとなしくしているんだぞ」

ガチャリ。

扉が閉ざされた。少ししてパネルバンは動きだした。囚《とら》われた三人の女を乗せて。

美貴子は即座に二人の女性たちが積まれている理由を理解した。

(この人たちも、私と同じように奴隷になることを誓わせられたのだ……)

ハッキリ確認する時間はなかったが、一人は自分より年上で人妻ふう。もう一人はまだ十代のように見えた。

「…………」

　三人ともおし黙ったままだ。こんな状況で何を話すことができるだろうか。互いに相手の顔かたちを見ることができないのだ。美貴子が感じとれるのは同性の体から発散する匂いと、わずかな呼吸音だけだ。

　三十分ほども走って、パネルバンはスピードを落とし、停車した。

　目隠しをされて貨物室に閉じこめられてきた美貴子たち三人は、そこがどこなのかまったくわからない。交通量の多い道を通ってきたから市街地であることは間違いないが。

《黒き欲望の戦士団》と名乗る一味は、本物のスパイ組織か何かのように、徹底して自分たちの正体を隠している。

　金をかけ時間をかけ、狙った女たちを誘拐し、監視し、脅迫し、自分たちの欲望のために奉仕させる——この東京にそんな組織があるなど、誰が想像できるだろうか。実際に彼らの手中に落ちた美貴子でさえ、まだ半信半疑なのだ。

　扉が開けられて、空気が流れこんできた。

　車の匂い。油の匂い。埃《ほこり》っぽい匂い。地下の駐車場かガレージのようだ。物音はしない。

　三人の女たちは手荒く立たされ、まるで荷物のように貨物室の外へと降ろされた。

「これが奴隷のしるしだ」

首に革でできた首輪が嵌められた。鎖が取りつけられていてジャラジャラと音がした。

「行くぞ」

一人に一人ずつ男がついて鎖をもち、三人の女たちを引き連れていった。

(まるで刑場へ連れてゆかれるみたい……)

激しい汚辱感にうちのめされながら、ふと美貴子はかつて読んだ小説を思い出した。

『O嬢の物語』

自分はまるで、あの小説のO嬢と同じだと思った。違うのは、O嬢にはルネという恋人がいたこと。ルネに導かれてO嬢は別の世界へと連れていかれた。

(私を、今までの世界から引き離して、地獄へ連れてゆくのは誰?)

美貴子は心の中で叫んだ——。


かなり長い通路を歩かされた。

一週間前、誘拐されて辱《はずかし》めを受けた場所と同じようだ。コンクリートの床に足音が反響する。

ふいに一行は停止させられた。先頭の、美貴子の鎖を握っていた男が言った。

「調教官。セリ用の奴隷を連行しました」

へりくだった言い方だ。目上の人物がそこにいるらしい。

「ご苦労、中尉。パールとカメリアは向こうへ。ルビーは一番最後なので、そっちへ入れておいて」

応えたのは女の声だった。

ハスキーで、威厳があってある程度の年齢を感じさせる声。麝香《じゃこう》系の香水の匂いがプンと匂った。

(女性！　一味の中に……!?)

意表をつかれて美貴子は驚愕し自分の耳を疑った。

「ハッ。おい……」

中尉と呼ばれた男が指示して、女たちは分かれさせられ、美貴子は一つの部屋に押しこめられた。広さはわからない。

「ここで待て」

牢獄のように鉄の扉が閉まり、目隠しに後ろ手錠のままで美貴子は置き去りにされた。

視界を奪われていると、体のバランスをとるのがひどく難しい。激しい疲労を感じた頃になって、ようやく扉が開いた。

さっきの香水の匂い。女の匂い。

「待たせたね。そろそろ、おまえの出番だ」

目隠しが外された。美貴子は目の前に立つ女の美貌、そして衣装に驚かされた。

年齢は二十五、六というところか。彫りの深い、目鼻だちのくっきりした美女だ。

西欧人とのハーフという印象が強い。女優にしてもいいような艶麗《えんれい》さだ。いや、凄艶《せいえん》と言うべきか。

黒い長い髪は後ろで束ね、額を出しているので、聡明そうな感じが際立っている。

ただ大きな唇と顎が、強い意志を秘めて獲物を追い詰める肉食獣を思わせ、鋭い猛禽《もうきん》のような目の輝きが、この女性が優しさとか慈悲とは無縁の存在だということを、孤立無援の美貴子にハッキリと思い知らせた。

彼女は背が高く、しかもヒールの高いブーツを履いているので、人よりもやや小柄な美貴子は彼女の顔を見上げる形になる。

調教官と呼ばれた女が身に着けているのは、この一味の組織、施設、行動と同様、まったく現実離れしたものだった。

豊かに突き出た乳房とヒップ、それを強調するようにくびれたウエスト。

グラマラスな、それでいて均整のとれた肢体の持ち主だ。それはＰＶＣ——ポリ塩化ビニール素材の黒いスリーインワンを着けていることで、さらに強調されている。

スリーインワンのブラジャー部分はハーフカップで、しかもその上半分がレースになっているので、薔薇色の乳首が透けて見える。

乳房の谷間を強調するように、前の部分をコルセットの役割を果たす編紐で締めつけるようになっている。

腰のところから吊り紐が垂れて、黒いシーム入りの網ストッキングを吊り上げている。秘部はやはりPVC素材の黒いストリングショーツ。むき出しの肩から腕、太腿《ふともも》のあたりの肌は眩しいほどに白くてなめらかだが、内側の筋肉はそうとうに逞《たくま》しそうだ。

「私が調教官、マヤ。おまえのようなホヤホヤの奴隷を一人前に仕立てるのが仕事」

手にした乗馬鞭をバシッとブーツに当ててから小脇に抱え、手早く美貴子の自由を奪っていた手錠を外してやった。

「あの……出番というのは……？」

美貴子はおそるおそる尋ねた。〝奴隷の義務を遂行するため〟という理由しか知らされていないのだ。

「オークションだよ。つまり奴隷のセリ」

「セリ？」

美貴子の目がまん丸に広がるのを楽しむように眺めて、調教官だと名乗る凄艶な美女は唇の端を歪めるような薄笑いを浮かべた。

「戦士団は大勢のメンバーがいる。いくらおまえでも、一人で何人も相手はできないだろう？　だから競売にかける。早く言えば奴隷市場だね。そこでセリ落とした者がおまえのご主人さまというわけ。なるべく素敵なご主人さまにセリ落としてもらうよう、祈るんだね。さッ、着ているものを脱いで真っ裸におなり！」

美貴子は完全に圧倒されて、反抗する気持ちなど少しも湧いてこなかった。ただ、美しい、少し年上の同性の眼前で全裸にさせられることに、激しい羞恥を覚えた。サマードレスのボタンを外しファスナーを引き下ろす指がぶるぶる震え、頰はたちまち燃えるようにカーッと赤くなる。

「ふふっ、恥ずかしがっているね。いい傾向だ。殿方は恥ずかしがる娘を見るとご機嫌になる。高く買ってくれる。利益のいくばくかはおまえの手にも入るのだから、せいぜい恥ずかしがりな。だが、あんまりモタモタすると、こういうふうになるよ」

乗馬鞭がパンストを脱ぐのをためらっている美貴子の臀部を襲った。

バシッ！

「ヒーッ！」

スキャンティとパンストの上から打たれたのに、痛みは飛び上がるほどだった。あわててパンストを脱ぎ、ブラジャーを外す。

　マヤは目を細めた。

「ほほう、しゃれたパンティを穿いているじゃないか。感心なこと。せっかくだから、それは着けていてもいい。みんなの前で最後に脱がせてやろう」

　美貴子を、秘毛のデルタゾーンがそっくり透けて見えるような、白いレースとフリルのついたスキャンティ一枚にさせると、マヤは恥ずかしさのあまり乳房を抱きながらブルブル震えている若い娘にハイヒールを履かせ、再び後ろ手錠をかけた。

「さあ、皆がお待ちかねだ。歩きな！」

　美貴子のコレクションの中では数少ないTバックのスキャンティだ。双《ふた》つの臀丘はまるで白い桃のように丸く、歩くとプリンプリンと揺れる。そこに乗馬鞭を軽く打ちつけ、調教官マヤは首輪を嵌めた娘を追い立て、廊下を歩かせた。

　今度は目隠しがないから周囲を観察できた。

　明らかに地下の通路だった。窓らしい窓がどこにもない。壁も天井もコンクリートが打ちっぱなし。むき出しのパイプが何本も天井を走っている。二人の足音だけがカーン、カーンと反響する。

　いくつものドアを通り過ぎて、ようやく一つのドアの前に来た。何も記されていない。

「ここだよ。オークションの会場だ」

マヤが先に立って、ドアを開けた。

強烈なライトを浴びせられて、美貴子は目が眩んだ。

駅前広場で誘拐された時、何人もの男たちに凌辱された時と同じだ。ビデオカメラを抱えた男が真正面からレンズを向けている。

かなり広い部屋に大勢の人々が思い思いに折り畳みのパイプ椅子に座っていた。

椅子は広間の中心にある、直径二メートル高さ五十センチほどの小さな円形の台に向かうよう、古代ローマの円形劇場のように、輪状に配置されていた。

黒いPVCスーツの調教官マヤは、鎖を引きながらよろめく足どりの女奴隷——美貴子を小さな円形舞台にあげた。

（なんなの、これは……!?）

自分をとり囲む大勢の観客。

男なのか女なのかまったくわからない。中世の僧院で修道士が着ていたような、フードつきのマントをすっぽりかぶっている。その色は黒。さらにフードの奥に見える顔はみなプラスチックの仮面をつけている。この前の凌辱者たちと同じように、鳥や獣のものだ。河馬《かば》がいる。犀《さい》がいる。猿がいる。熊がいる。豹がいる。

仮面に開いた双つの穴は、さらし台の上の女奴隷の白い肌に向けられてギラつくような光線を発している。無数の視姦光線を敏感な肌に受けて、美貴子の白い肌はサアッと紅潮していった。

「では、今日の奴隷競売、最後の一体です。コード名はルビー。二十二歳ＯＬ。先ほどのビデオでもおわかりのように、Ａクラス設定です」

美貴子の横に立ったマヤが、傲然と仁王立ちになって会場を見回した。

ビデオカメラの照明にようやく慣れた美貴子は、自分をとり囲んでいる黒マントの人数は、思ったより多くないと気づいた。せいぜい十数人だ。しかし、これまでのセリの熱気が残っているのか室内には異様な昂りが立ちこめているようだ。

美貴子はもう思考する能力を失っていた。まるで自分が映画に出演しているかのような現実離れした感覚が彼女を捕えている。

「まず、パンティを脱がせろ」

声がかかった。マヤはおもむろに頷く。

「そう急がないで。この子は皆様の前にさらされるのを期待して、こんないいパンティを穿いてきたのです。その心を買って、少しは眺めてやって下さいな」

マヤが軽く腕を振ると、ブーンという音と共に二人を載せた円形の台が回転しはじめた。

つまりこれはストリップ劇場にあるのと同じ回り舞台なのだ。セリの参加者は椅子に座ったままで女奴隷の肉体を前後左右から眺めることができる。

マヤが美貴子の背後に回った。左手を胴に回して、右手を膝《ひざ》の後ろから入れて美貴子の右足をグイと強い力で抱えあげた。

「あっ、イヤッ！」

美貴子は暴れたが、その時はもう遅かった。

彼女はラインダンサーのように右足を高く持ち上げる姿勢で白いスキャンティに包まれた股間をセリの参加者たち全員にさらけ出される姿勢を強制されてしまった。

「ほうー……」

室内にざわめきが走った。

白いスキャンティの股の部分、女性の最も秘密の部分に密着している、布地が二重になったクロッチ部分に、ハッキリとわかるほどの長楕円形のシミが浮き上がったからだ。

「ああー……」

強烈な羞恥が怒濤《どとう》のように襲いかかり、美貴子は全身を火照《ほて》らせて悶えた。視界がぼやける。涙がドッと溢れてきたのだ。

「おわかりですか？」

薄い笑いを浮かべながらマヤが客席へ向かって言った。

「今回の最高クラスです。パンティを脱がせたかったら、高い値を付けることね。三十万から始めましょう……」

それからあとのことを、美貴子はハッキリ覚えていない。

いつの間にか愛液をおびただしく分泌させていたこと、スキャンティの股布のシミを全員に見られたことで、美貴子の羞恥と屈辱は極限に達し、理性はたちまちうち砕かれて、あとは何がなんだかわからなくなってしまったからだ。

強い芳香を放つマヤの頑丈な肉体に体重を預け、片足を高々と持ち上げられて膣口から溢れる液でどんどん大きくなってゆくシミを参加者全員に見られながら、美貴子は急に、不思議な感情を味わっていた。

大きな音で鳴っている鐘の中に頭をさし入れると、音が聞こえなくなるという現象に似ている。参加者たちが怒鳴るようにわめいているのがずいぶん遠くからのように聞こえる。

「五十万」

「五十五万」

「六十万」

「もうひと声」

「八十万……」

声は聞こえるものの、美貴子には何の意味ももたらさない。

いま彼女を支配しているのは羞恥でも屈辱でもなかった。これまで感じたことのなかった高揚した感情だった。

（ここにいる人、みんなが私に注目している……）

彼らの視線、声、身振り、そのすべてが自分の柔らかい肌を突き抜けて子宮に到達するような感覚。

ごく自然に、舞台の上のストリッパーがするように腰が前後にビクンビクンとうち震える。快感が全身に走る。

「あっ、ああー……」

美貴子は呻き、腰をよじった。

マヤが叫んでいる。その声が遠くから聞こえるようだ。

「見て。この子、もうイクわよ。最後の値をつけてイカせてやりましょう」

一瞬の沈黙のあと、「百万！」という声が飛んだ。

「はい百万。あとはないか……。ない？　はいッ、ルビーは鷹に百万で落ちた！」

マヤが叫び、美貴子のスキャンティの腰ゴムを摑んで一気に引き裂いた。

「あーっ！」

その瞬間、二十二歳、ごく地味なＯＬだった娘は大勢の男たちの視線に犯されながら、大量の愛液を噴き溢れさせながら絶頂に達した。マヤが力強く支えていなかったら、二人とも回り舞台から転落したことだろう。

「おおー」

参加者たちの感嘆の声がマントのフードの奥、仮面の下から発せられた。

室内のすべての男たちが、最後の布きれをはぎ取られ、一糸まとわぬ全裸の娘の孤独なオルガスムスを見守った。

背後のマヤは腰を落として小柄な生贄《いけにえ》の臀部を抱え、グイと裸身を持ち上げた。そうすると美貴子は、まるでおしっこをさせてもらう幼児のように両足を左右に広げ、シナシナと柔らかい、漆黒の恥叢に縁取られた羞恥の源泉——珊瑚色した粘膜の内側をすべてさらけ出してしまった。

溢れる薄白い愛液は今や糸をひくようにして舞台の上に滴り落ちてゆく。誰もがその溢出する量に感嘆した。

「どう？　あそこを見られただけでイッたのよ。おま×こからこんなに涎《よだれ》を垂らして……。素晴らしい生肉奴隷でしょう？　鷹は支払いをしてから調教室Ａに来て」

鷹の仮面をした人物に言い、マヤはがっくりと首を垂れて、まだ全身をわなわなと震えさせている美貴子の持ち上げていた足を下ろす。愛《いと》しそうに背後から抱き締めた。

「さあ、奴隷のルビー。これから初めての個人調教が始まるのよ。おまえが知らなかった世界をぞんぶんに教えてあげる。この調教官マヤと落札者の〝鷹〟が」

第三章　調　教

【調教官】
一、獲得した奴隷を適切に調教するため戦士団司令部は調教官を任命する。
一、調教官は戦士団司令部に直属し、その権限は他の階級、部署に優越する。
一、すべての戦士は、獲得した奴隷の調教を行なうにあたって、初回は必ず調教官の指導と助言を仰がねばならない。
一、調教官の指導と助言を拒んだ戦士は戦士団司令部により裁かれ処罰される。
《黒き欲望の戦士団・規約第三章三項》

「すごい。見られただけでイクとは……！」

「何て感じる子だ……！」

セリを競った十数人の男たちが感嘆とも羨望ともつかぬ声を洩らし、室内はひとしきりどよめいた。

マヤの腕の中でしばらくオルガスムスの余韻に悶えていた美貴子だが、甘美な痙攣《けいれん》が去ると、後ろ手錠をかけられた若いＯＬは軽々と抱き上げられて回り舞台から床におろされた。首輪につけられた鎖を容赦なくグイとひっぱられると、全裸でオルガスムスに達した狂態をさらしてしまったという羞恥にまみれて泣きじゃくる娘は、まさに家畜のようにマヤの後をひきずられてゆく。

「同志諸君。娯楽室の方には接待用奴隷を用意してある。セリに負けたぶん、せいぜい楽しんでいってくれたまえ」

主役が去った部屋の奥から声がかかると、修道僧のようなフードのついたマントを着た男たちは立ち上がり、ゾロゾロと廊下へ出ていった。

一人、その群れから離れて反対方向へ歩いて行く男がいた。彼もまた皆と同じようにマントを着、フードをすっぽりとかぶっているので、体型も容貌も他者とは容易に判別できないが、身のこなしから若者だと、かろうじてわかる。

「…………」

長い廊下の両側にドアが並んでいる。何の表示もないが、男は一つのドアを開けて中に入った。ガランとした小部屋。薄暗い照明。壁面に黒いカーテンが垂れ下がっている。それに向かって置かれた一脚の肘掛《ひじか》け椅子。

彼がここに入るのは二度目のことだ。黒いカーテンを開くとはめ殺しのガラス窓が現れた。そこからサッと光が射しこんできた。隣の部屋——調教室Aの照明だ。向こうから見ればこの窓は鏡に見える。ハーフミラーなのだ。

調教室で展開されている光景が、若者の目に飛び込んできた。

彼はハッと息を呑み、魅せられたように立ちすくんだ。彼の股間で息づいている牡の欲望器官が急激に充血を開始して、隆々と膨らんでゆく。その結果、マントの前の打ち合わせのすき間からペニスの先端が隠し持っていた銃のように突き出した。

彼は、マントの下は下着一枚着けていない真っ裸なのだ。それは、セリに参加した他の男たちもすべて同様なのだが。

「…………」

ハーフミラーの前に置かれた肘掛け椅子に浅く腰をおろし、マントの前をはだけた。あまり肉のついていない、頑丈とは言えない肉体が露出した。その股間にペニスだけは対空火器のように天を睨《にら》んで屹立して、無毛色白の肉体が欲望の盛んな若い牡のものであることを誇示している。

「はあっ……うっ……」

ガラスごしに繰り広げられる残酷な儀式を眺めながら、男はドクンドクンと脈打っている男根茎部を握り締めた。赤く充血した亀頭先端部からはトロトロと透明なカウパー腺液が溢出しており、包皮はすっかり翻展している。彼が右手を動かすとニチャニチャという摩擦音がして、同時に鋭い快美感覚が走ったらしく、若い男の肉体がビクンとうち震え、その喉から呻き声が洩れた。

ハーフミラーごしに、調教室にいるマヤの声が彼の耳に届いてくる……。


「この部屋に見覚えがある？」

連れこまれた部屋を見回して、美貴子は思わず慄然として息を呑んだ。

どうして忘れることができるだろうか。

一週間前、彼女は見知らぬ男たちによって駅前の雑踏の中で誘拐された。スタンガンで失神させられ、意識を取り戻した時はこの部屋にいたのだ。

打ちっぱなしのコンクリート壁、白いタイルの床。窓がなく、死体置き場を思わせる殺風景きわまる部屋だ。装飾らしいものといえば壁の一面に嵌めこまれた大きな鏡だけ。

この部屋で、数人の男たちが、ベッドにくくりつけられて抵抗できない美貴子に凌辱の限りを尽くしたのだ。彼女は苦痛と快楽の極限で何度となく失神した。

最後は、技巧にたけた指揮官のような人物に翻弄され、自ら「奴隷になります。だからイカせて下さい」と叫ばされた。

（すべて、この部屋から始まったのだ……）

美貴子の裸身に震えが走るのを、マヤという女は見逃さなかった。

「ふふっ、楽しい思い出が甦った？　ここが奴隷としての喜びを教えてもらう調教室。今日はおまえの最初のご主人さまにどうご奉仕するか、それを学んでもらう」

黒光りするＰＶＣスーツ、網タイツ、ピンヒールのストッキングブーツといういでたちの異国風美女は、やはりＰＶＣの肘まである長手袋をはめた手に持つ乗馬鞭をブーツの脛《すね》にうち下ろした。ビシッという残酷な音が立って、自分の肌を叩かれたのでもないのに美貴子は飛び上がった。

その時、ドアが開いた。入ってきたのは、彼女を百万円で落札した〝鷹〟という男だ。さっきまではフードをかぶっていたのでギラつく眼光しか目に入らなかったが、今はフードをおろしてマスクが隠せない部分をさらけ出している。

中年というより初老といった方が適切な、年配の男性であった。頬が削《そ》げて額ははげ上がり、残った毛髪は短く刈ってある。頬から顎まで生えている髭はほとんどまっ白だ。

唇は薄く、キッと引き結ばれていて、強固な意志と残忍な性格を示しているようだ。いずれにせよ高い地位にあり、多くの人間を統率した経歴の持ち主と思われる。

何よりも美貴子を驚かせ、素っ裸で男の眼前に立たされているのだということさえ忘れさせてしまったのは、この鷹というニックネームを持つ人物が、車椅子に乗ってやってきたということだ。介添えの人間を必要としない、電動モーター付きの車椅子だ。

(この人、足が不自由なんだわ!)

セリの会場では全員が椅子に座っていたので気がつかなかったのだ。

「そうだ。私は事故で下半身を痛めた。そのおかげで今は車椅子の世話になっているが、ま、そのうち治るだろう。しかし、もう一つ厄介な問題があって、それのリハビリが必要なのだ。そのために私はこの組織に加入したようなものだ」

美貴子の真っ正面に車椅子を停めた鷹は、仮面の奥からギラつく視線で若い娘のシミ一つないなめらかな肌を舐めまわしながら言った。

「これが、その厄介な問題だ」

鷹はマントの前をはだけて見せた。贅肉のない腹部と股間が露《あら》わになった。そこにとぐろを巻いた蛇のように垂れているものを見て、美貴子はハッと息を呑み、真っ赤になって顔をそむけた。

「あのセリの会場では、誰もがマントの下のこいつをビンビンにおっ立てていたに違いない。しかし私のオロチだけは眠っていた。何と悲しいことか。こんないい匂いのする若い娘が素っ裸で股を濡らしているというのに」

初老の男は自嘲する口調になってみせた。美貴子はようやく理解した。

（インポなんだわ、この人……）

鷹の男性器官は、しかし萎《な》えていても美貴子の目には雄大に映った。いかにも使いこまれたという感じの鈍く光る黒ずんだ亀頭を持ち、胴は老樹の幹のようにゴツゴツとねじくれている。経験の浅い美貴子の目にも、その器官が力を取り戻した時は、自分の手首よりも太くなるだろうと推測できた。

鷹は言葉を継いだ。

「このオロチは死んだように見えるが、生きている。ただ、なかなか目を覚まさないだけだ。そこが厄介なところだ。しかし、さっきおまえがセリのさらし台に現れた時、こいつ、ピクリとみじろぎしおった。ふむ、それで百万円を払ってもいいという気になったわけだ……」

マヤが口を挟んだ。

「百万円という価格は、今夜ひと晩だけのことではないのよ。ひと月の間、おまえを自由にする値段のこと」

(ひと月も……!)

その間、性の奴隷として、この不気味な初老の男に仕えねばならない。美貴子は目の前が冥《くら》くなるような思いに襲われた。鷹はマヤに向いて言った。

「では、この子がどれだけ落札価格に見合うだけのことがあるか、確かめようではないか」

マヤの声はへりくだる。

「かしこまりました。……では、規約に従って今回は私がお手伝いさせていただきます」

調教官という肩書をもつグラマラスな女は美貴子を振り向いた。その目が妖しい輝きを帯びている。

「さて、奴隷の基本姿勢を教える。ご主人さまの前では常にすべての部分をさらけ出して待機の姿勢をとらねばならない。これがそのポーズだ」

マヤは全裸にハイヒールだけという美貴子の後ろ手錠を外してから、車椅子の鷹の、すぐ目の前に彼女をひざまずかせた。

それは美貴子の忘れていた羞恥心を一気に思い起こさせる屈辱的なポーズだった。

「ああっ……」

マヤの叱責を受けながら、鞭で手と足を叩かれてそのポーズをとらされた美貴子は、顔だけでなく全身を真っ赤に染め、ブルブルとうち震わせた。唇を嚙み締めた頰を涙が伝う。

「おやおや、そんなに恥ずかしいか。いいことだ。奴隷が恥じらいを忘れては殿方も楽しみがない」

マヤは薄笑いを浮かべながら、〝待機のポーズ〟をとらせた若い娘の震えおののく裸身を眺めた。

——それは、大きく股を開く姿勢で床に両膝をつき、下腹と胸を前に突き出すようにピンと背筋を伸ばし、両手は首の後ろで組み合わせた、戦場の兵士が降伏するのと同じ姿勢であった。

乳房、腹部などの体の前面はすべて、さらに腋窩《えきか》と下腹部の秘毛に覆われた部分まで完全にさらけ出される。美貴子はかつてこんな恥ずかしい姿勢をとらされた体験はない。

「うむ……。透きとおるような肌、黒いツヤのある柔らかい毛……。こうやって見ると、百万円は惜しくない体だ」

ギラギラと、文字どおり鷹のような目を輝かせた男の顔に生気が浮かんだ。車椅子から顔を乗り出すようにする。まったく防ぐものがない白い乳房の丘を鷲掴みにした。

「アッ」

びっくりして体をよじろうとすると、マヤの手にした鞭が唸《うな》った。

バシッ。

膝をついた姿勢で臀部を打たれて、ガクンと美貴子の裸身が前のめりになる。

「動くな。ご主人さまがどこを触ってても抵抗してはならない。それが奴隷の鉄則だ」

今や両手で豊かな、弾力性に豊んだ双丘を握り潰している鷹が、冷酷な薄ら笑いを浮かべて奴隷娘の背後にいる調教官に命じる。

「眠れる大蛇は寝返りを打ったようだぞ」

「それでは、泣かせてみますか」

「おお、オロチを目覚めさせるのに、若い娘の悲鳴ほど効くものはないだろう」


（えっ、何をするの……!?）

ふいに鷹が、さらに身を乗り出して両腕をさしのべ、がっしりと美貴子の両手首を摑んだので、美貴子は混乱した。

ヒュッ。

その瞬間、鞭が唸った。

バシーン！

さっきのとは比べものにならない、強烈な打撃だった。先端がヘラ状になった鞭だから、皮膚を裂くようなことはなかったが、美貴子にとっては肉まで裂けたかと思うような衝撃と苦痛だった。

「あーっ！」

思わず悲鳴をあげて飛びあがった。鷹がグイと力をこめて若い娘の体を押さえつける。

「おお、いい具合に痕がつく」

サディスティックな喜びに浮かれた声をはりあげる鷹。彼の視線は美貴子の背後、つまりマヤの背後にある、壁にはめこまれた大きな鏡を見つめている。鞭打ちの苦痛に悶えよじれる白い臀部にくっきりと浮き出てくる赤い鞭跡を、その鏡はありありと映し出しているのだ。

「いいこと？　待機のポーズは、同時に鞭を受けるポーズでもあるの。鞭で打たれるのは奴隷の勤めよ。おとなしく我慢しなさい。もし逃げたりしたら、半殺しにするよ！」

そう叱咤して、マヤはまた鞭をふるった。

唸りをあげてむっちりした臀部に襲いかかる乗馬鞭。残酷に打ち叩かれて、

「ああっ、ひーっ、許して！」

何度も美貴子は絶叫し、のけぞり悶え、涙を流して訴えた。

「この程度の鞭が耐えられなくてどうする。動くなッ！」

バシッ。バシーン！　ビシッ。ビシーッ！

張りつめた健康な肌を打ちのめす小気味よい音が何度も密室に響きわたり、

「痛いっ。あーッ、ヒィーッ！　うーん……」

美貴子の悲鳴と哀訴、そして苦悶の呻きが交錯した。あまりの激痛に無意識のうちに体を支えるものを欲して、鷹の膝にすがりつく姿勢になった。

「ふむ、これはいい感じだ。よし、それではワシが支えてやろう」

鷹は一時、マヤの鞭打ちをやめさせ、彼女の助けを得て車椅子から、背もたれだけのふつうの椅子に移った。両膝を揃えるようにして座り、啜り泣く美貴子を自分の太腿を跨《また》ぐようにして立たせた。彼のマントは前をはだけているので、美貴子の股間の茂みが彼の萎えた器官の真上に位置する。

(な、なにをするのかしら……？)

真っ裸で、ずっと年上の男性の裸の腿を跨ぐ姿勢だ。二つの乳房の谷間は鷹の眼前に揺れる。美貴子は焼けるような鞭打ちの苦痛を忘れて激しく羞じらった。

「よし、これでいい」

満足そうに頷いた鷹は、美貴子の両方の手首をがっしり摑んで左右に思いきり広げた。

「さあ、打て」

鷹が命じるや否や、マヤは再び鞭をふりかざした。

バシーッ！

「ぎゃー！」

哀切な悲鳴をあげて躍りあがる若い娘の白い裸身。彼女の両手は鷹によって左右に思いきり広げられている。つまり美貴子は、彼の腿を跨ぐ形で磔《はりつけ》になった姿勢をとらされているわけだ。鷹という男がそのまま、鞭打たれる女体を拘束する磔台の役目を果たしている。

マヤは機械のように冷静に、計算された位置へ乗馬鞭を振りおろした。まったく力加減をしない無慈悲な鞭は、美貴子の喉からさらに哀切な絶叫を絞りださせた。

「わはは。これはいい。おっぱいが顔に当たる感触が何とも言えない。おお、汗が顔に……。うむ、いい匂いのする汗だ」

実際、強烈な痛みに飛び跳ねる裸身はいつの間にかベットリと脂汗にまみれ、黒髪を振り乱して泣き叫ぶ美貴子の、空気のいっぱい詰まったゴムまりのような乳房はブルンブルンと上下左右に躍動して、鷹の頬を打つのだった。のけぞって苦悶する時、バアッと汗の雫《しずく》が飛び散り、鷹の顔にもふりかかる。

(なんて残酷なの⁉　もう耐えられない。許してっ。ああっ、やめて。痛くて気が狂ってしまう……)

絶叫し続ける美貴子の膝から力が抜けて、必然的に股は鷹の毛むくじゃらの太腿に体重をかけるようにして跨がってしまう。腿に秘毛が擦《こす》れる。

「おお、こいつは……。オロチは目が覚めてきたようだぞ。では、向きを変えようか」

再びマヤが手伝い、号泣する美貴子を、今度は背を鷹の胸へ、尻を彼の股間へ載せるようにした。つまり鷹の体が美貴子の肉体を支える椅子と化した形だ。

「そんな……。死んでしまいます。許してください。耐えられません。いや……ッ！」

美貴子は自分のとらされた姿勢が何を意味するか気づいて半狂乱になった。

(この人たち、私の前を鞭で叩く気だ！)

臀部、腰、腿のあたりならともかく、体の前面は乳房をはじめ、どこも神経がゆきわたって柔らかく、鋭敏な部分ばかりだ。

「殺しはしないから安心しな」

マヤが冷笑し、鷹は自分の揃えた腿に跨がらせた若い女の裸身を、今度は背後から左右に広げるよう、両方の手首を摑んだ。

「ああ、助けてぇっ！」

マヤに向かってバンザイをする姿勢を強制させられた美貴子は、悲痛な声で許しを願った。

マヤはいつの間にか鞭を替えていた。

今度の鞭は先端が九本の細い革帯になった、俗に「九尾の猫鞭」と呼ばれる房鞭だった。

ビュッ。

九本の細い革が蛇のように空気を切って襲いかかってきた。

バシャーッ。

背後の鷹がガッシリと押さえつけていたから、狙いはたがうことがなかった。乗馬鞭とは違う、重量感を伴った衝撃が美貴子の乳房で爆発した。

「ギャー！」

矢で急所を射られた獣のような絶叫を吐き散らして、美貴子の裸身がグウンとのけぞり、宙に躍った脚先から黒いハイヒールが飛んで床に転がった。

「おっ、おお、おおーっ」

灼熱の錐《きり》を揉みこまれたような苦痛が乳房を中心に体全体に広がる。美貴子の目の前が真っ赤になり、一瞬、意識が薄れた。

バシーッ。

第二打が反対側の乳房を見舞う。

「ウギャー、アウッ！」

暴れる女体を自分の胸に引きつけるように鷹は、自分の広げた両手で摑んだ美貴子の両手をさらに大きく広げる。

バシーッ。

今度は臍《へそ》の真ん中だ。

「ぐおー……」

美貴子の体がまっぷたつに折れる。黒い茂みから透明な液体がシャッと迸《ほとばし》った。苦痛のあまりの尿失禁だ。

「前はかなり効くなあ。おお、たまらん。オロチにおま×こが……。この感触。うーん」

実際、鷹という人間椅子の上で鞭打たれて暴れる美貴子の、大きく割り広げて鷹の腿のつけ根を跨いでいる部分が、鞭を浴びてのけぞり悶えるたびに、彼の欲望器官に擦りつけられるのだ。不思議なことに、猛烈な苦痛を味わっているのに、美貴子の秘唇からは再びおびただしい愛液が泉のように溢れだして、それが彼の器官を濡らしている。

「同志、勃《た》ってきましたね」

正面から美貴子と鷹の股間を見ているマヤが、笑って指摘した。鷹の萎えていた欲望器官はムクムクと、まさに蛇が鎌首をもたげるように、屹立をはじめている。

「おお、確かに……。この娘が泣き叫んで暴れてくれたおかげで、オロチがとうとう目を覚ました。何というご利益《りやく》だ」

長く萎えていた器官がズキズキと脈打ち、熱と力を取り戻したことは、鷹という男をやはり歓喜させたに違いない。

「どれ、ここまで固くなればこの子の中に潜れるだろう。調教官、手伝ってくれ」

「はい」

　マヤが正面から美貴子に近づき、鷹の膝の上で苦痛と汚辱にまみれて泣きじゃくる小柄な裸身を抱えあげた。鷹は今までより浅く腰かける。ほぼ垂直に屹立している、おぞましいほどの巨根に、彼女の膣をあてがう。

　鷹の腕も加わり、女が男に背を向けた座位の姿勢で美貴子の体は自分の重みによって、鷹の巨根を受け入れていった。

「ああっ、いや、あーっ！」

　ようやく何をされるのか気がついた時はもう遅かった。美貴子の肉体は鷹の巨根によって根元まで串刺しにされていた。

「あうーっ！」

　またドッと脂汗を噴きにじませた裸身が弓なりにのけぞる。

「わはは。久しぶりの女だ。おお、オロチは巣に戻れて喜んでいる。おお」

　哄笑《こうしょう》する鷹が膝の上の、自分の娘、いや孫といってもいいほどの若い女性の裸身を揺すぶりたてる。

「うあ、あーっ、ああ」

美貴子の目はもう焦点を失っている。

ノックの音がして、ドアが開いた。

「失礼します……」

「………⁉」

ハーフミラーの向こうで展開する残虐な秘戯に魅せられつつ自分の怒張をしごきたてていた若者は、驚いて振り向いた。若い女が立っていた。まだ二十歳まえと思われる若い娘だった。

奴隷のしるしである革の首輪を嵌めて、身に着けているのは黒いハーフカップのブラ、ガーターベルト、レースのスキャンティ、黒いシーム入りナイロンストッキング、黒エナメルのハイヒールという、魅惑的なランジェリー姿だ。まだあどけないような雰囲気の可憐な容貌に、その妖艶なランジェリーは少しそぐわないような気もするが……。

彼女は一瞬、とまどった表情を浮かべた。椅子に座っているマントの男が、自分とさほど違わない年齢だったからだろう。

「あの……パールといいます。大佐殿から、こちらへ伺って、鷲さまにご奉仕しろと言われまして」

「大佐が……。そうか」

若者が頷くと、パールと名乗った娘はごく自然に彼の正面に来てひざまずいた。彼女の手が、若者があわてて前を覆ったマントを再びはだけて、股間を露出させた。

「まあ……きれい」

下腹部に屹立したものの先端が赤みを帯びたピンク色なのを見て、娘は嬉しそうな微笑を浮かべた。童貞の少年のように無垢で凜々《りり》しい若武者の穂先に唇を近づける。

「む……」

〝鷲〟と呼ばれた若者は呻き、ガクンと椅子の背もたれに体重を預け、パールの巧みな口舌奉仕に身を委《ゆだ》ねた。

「…………」

パールはふっくらした唇で若者の怒張をくわえ、喉の奥まで吸いこむようにしてから舌で亀頭冠を刺激しはじめた。男の快感のツボを心得た、よく教えこまれたという感じの技巧である。一方で彼女の手は鷲の股間に伸びて睾丸と肛門をまさぐり、指で包み、つつくようにして刺激する。

「よし、パンティを脱げ」

鷲はふいにパールの奉仕を中止させて、そう命じた。

「はい」

立ち上がり、いそいそと黒いレースのスキャンティを足首から引き抜く娘。

「向こうを向いておれの膝の上に」

「はい、こうですか……」

「そうだ」

「…………」

椅子に浅く腰かけた若者の腿を跨ぐようにして、雄々しくそそり立つ若い欲望器官の先端を摑み、自分の秘唇にあてがい、そろそろと体を沈めてゆく。後ろから彼女の丸いクリクリしたヒップを支える鷲。

「あう」

「う……！」

何も刺激されないのにパールの粘膜はよく潤っていて、肉の槍はいともやすやすと襞肉《ひだ》の奥まで貫きとおした。

「はあっ」

鷲の膝の上で子宮に届く感覚を味わっていた娘は、それで閉じていた目を開いた。彼女の目にもハーフミラーの向こうで繰り広げられている淫猥な光景が飛び込んできた。

「あっ」

驚きの声を洩らした。

向こうにも若い娘がいて、こっちを見ている。いや、焦点があわない目をこちらに向けている。彼女も椅子に腰かけた男の膝の上でふかぶかと貫かれていた。ハーフミラーを挟んで同じ姿勢での交合だ。

違うのは、向こうの男がかなりの年配で、娘はなめらかな肌のいたるところに無残な鞭痕がついている点だ。彼女は耐えがたい苦痛を味わったのだろう。頬には涙の跡がくっきりと光っている。

「あのひとが、きょうのセリで百万円の値がついたルビーですか?」

「そうだ」

パールの目には、ルビーの膣奥にゴツゴツした巨木の幹を思わせる、完全に復活した鷹の欲望器官がピストンのように出たり入ったりしているのが見える。豊富な愛液は鷹の腿を濡らし、ルビーの唇からは絶えまなく喜悦の呻きが洩れている。

犯している鷹はルビーの耳たぶを嚙み、その手は丸い豊かな乳房を鷲掴みにして揉みしだいている。

調教官マヤは、椅子の横に膝をついて、自分もルビーの乳首をつまんでひねり潰したり秘毛の底のクリトリスを指で玩弄《がんろう》している。

「あうっ……。イカせてくださいッ」

ルビーがうわずった声をはりあげて哀願した。

「だったら誓うのね。来週、ご主人さまの特別調教を受けることを……」

「受けます、受けますッ。いつでもご指示に従いますぅ」

「では、とどめをさしてやろうか」

鷹は嬉しそうに笑い、ピストン運動をもっと強烈にした。

「ああ、おうっ……」

ルビーの黒髪が宙に舞う。汗が飛び散る。ほどなくルビーは快美感覚の坩堝《るつぼ》の中で爆発的なオルガスムスを味わった。

「ギャー、ああうあうあぐー……ッ！」

ほとんど同時にパールもイッた。鷲はきつく締めつける粘膜の奥に若牡の滾るエキスをおびただしく噴き上げた。

第四章　家畜

【医務官】

一、会員と奴隷の健康を管理するため、戦士団司令部は医務官を任命する。

一、医務官は戦士団司令部に直属し、その権限は他の階級、部署に優越する。

一、すべての戦士は入会時、および定期的に医務官の検診を受けねばならない。また、医務官の要求ある時はその検診を拒否することはできない。

一、すべての奴隷は捕獲後、適宜に医務官の検診を受けねばならない。

一、医務官による検診、治療命令を拒んだ戦士は、戦士団司令部により裁かれ処罰される。

《黒き欲望の戦士団・規約第三章四項》

一通の封書が美貴子に届いた。

差出人はまた〝黒木仙四〟。ワープロ打ちの文章だ。

出頭命令書

奴隷ルビーは、同志・鷹の要求する特別調教のため、九月二十二日午後七時、大手町＊丁目Mビル一階の喫茶店『マドンナ』に出頭せよ。当日は帰宅できないものと思え。また前日夜より飲料以外の摂取を禁じる。命令違反は処罰されることを覚悟せよ。

黒き欲望の戦士団――大佐

便箋を持つ美貴子の手が震えだした。

彼女の体には鷹という初老の男に四肢を押さえつけられながら受けた、調教官マヤの強烈な鞭打ちの記憶が刻み込まれている。一週間前のことだ。

〝特別調教〟とは、また、冷酷無残な鞭打ちを受けるという意味なのだろうか。

膝がガクガクいい呼吸が苦しくなった。必ずしも恐怖と苦痛の記憶ばかりではない。不思議なことだが美貴子は、最後にえも言われぬ快感を味わった。それは否定できない。

（あの快感は何だったのかしら？）

この一週間、美貴子は自問自答してきた。苦痛と屈辱の果てに味わう悦楽があるなどとかつては思ってもみなかった。だから、自分を誘拐し監禁し凌辱の限りを尽くした謎の組織からの呼び出しを、恐れながら、同時に期待している自分が、そら恐ろしい。

実際、出頭命令書を手にしたまま美貴子は子宮が疼くのを、パンティの底の部分がジットリ湿ってくるのを自覚していた。

（それにしても、呼び出しがMビルの喫茶店だなんて……）

意外だった。Mビルとは、美貴子の勤めている商事会社から二ブロックしか離れていない。〝黒き欲望の戦士団〟と名乗る謎の組織は、美貴子の周辺に目に見えない網を張りめぐらしとり囲んでいるようだ。

まず考えたのは、外泊する理由だった。

大学一年の雅也が勉強に没頭できるよう、身の回りの世話をするのが自分の役割だと思っている姉にとって、その嘘は心苦しいことだった。

もう一つ、気がかりなことがあった。ちょうどその頃、彼女は排卵を迎えるのだ――。

出頭する日が来た。

午後七時少し前、彼女はMビル一階の喫茶店『マドンナ』に入った。

連休の前夜とあって、オフィス街からははやばやと人影が消え、店内の客もまばらだ。知った顔もいないし、彼女に注意を向ける者もいない。

誰が来て、どこへ連れてゆかれるのか、やはり不安が喉元を締めつける。

七時を五、六分過ぎた時、レジの電話が鳴った。レジ係の女性が店内を見回した。

「杉原さま、いらっしゃいますか？」

美貴子が出ると、少しハスキーな厳しい声が鼓膜を打った。調教官マヤだ。

「ルビー。すぐに店を出てロビーのエレベーターに乗りなさい。このビルの六階に診療所がある。そこに来るのよ」

簡潔に命じて電話は切れた。

（診療所……⁉ 何のために？）

戸惑いながらエレベーターに乗り、六階で降りると、オフィスのドアが並ぶ廊下は森閑としていた。〝クリニック佐奈田《さなだ》〟という案内板は右手に進むよう指示している。突き当たりで廊下は右に折れる。美貴子が近づいてゆくと不意に角を回って人影が現れた。

白い、夏のセーラー服を着た少女だった。

そんな所で誰かに出会うとは思っていなかったので、美貴子はハッとして少女の顔を見つめた。清楚な美少女だった。

長い黒髪。美貴子より少し小柄でほっそりした体格。セーラー服の胸は豊かに盛り上がっている。すれ違う時、爽やかな甘い匂いが漂った。シャンプーか、ボディソープの香料と少女の髪や肌の匂いがミックスした体臭。

「…………」

伏し目がちに歩いてきた少女は、美貴子のことが眼中にないような、眉をひそめるように、自分ひとりの想いにこもっているような表情ですれ違っていった。

（こんな所にどうして女子高生が？）

美貴子は不思議に思った。時間も場所もセーラー服の少女にはマッチしない。

〝クリニック佐奈田〟は、ビル街のどこにでもある標準的な医療施設である。

〝本日の診療は終わりました〟という札がかかっていたが、すりガラスのドアの窓ごしに光が洩れている。人はいるのだ。

（私はなにをされるの……？）

迷っても仕方なかった。美貴子は深呼吸をしてからドアを開けた。入るとソファの置かれた待合室。奥のカーテンをサッと開けて白衣を着た女性が姿を現した。

「あなたがルビー？」

首に無造作に聴診器をひっかけている。この診療所で働く女医のようだ。

「はい、そうです」

鋭い視線が一瞬のうちに美貴子の全身を走査したようだ。

「私は医務官・玲子《れいこ》。こっちに来て」

女医の年齢はマヤよりも上、三十代半ばと思われた。ヘアバンドで髪を束ねているので広い額が見え、涼やかな瞳とともに理知的で聡明そうな印象が強い。背は高く、有能な医師らしい威厳も感じさせる。

美貴子は無人の診察室を通り抜けて、奥の部屋へと導かれた。

「あ」

部屋に入ったとたん、美貴子は困惑した。あの調教室を思わせるような白いタイルの床の中央に、冷たいステンレスの輝きを見せて鎮座していたのは婦人科内診台だったからだ。

上からは診察用の無影灯が覆い被さっていて、傍にはさまざまな診察器具を載せたキャスターつきの台。

そして診察台を背に立ちはだかっていたのは、調教官の肩書をもつ女、マヤだった。

今日はメタリックな輝きをもつ素材で仕立てたネイビーブルーのカッチリしたスーツ。ミニ丈のタイトスカートから覗く逞しい太腿と見事な脚線を包むのは黒いフィッシュネットのストッキング。そして黒のエナメルのパンプス。肉食獣を思わせるしっかりした顎をもつ美女は、鋭い眼で美貴子を見つめた。

「来たね。ルビー。今日は調教の前に、医務官が必要な検査と処置を行なう。さっさと服を脱いでこの診察台にあがるのよ！」

室内には脱衣のためのバスケットが置かれていたが、体を隠す仕切りのようなものはない。二人の女――医務官の玲子と名乗った女医とキャリア・ウーマン風なマヤ――に見つめられながら、二十二歳のＯＬは着衣を脱いで、パンティまで取り去った全裸になった。

「なるほど、これが鷹を興奮させた体ね？　確かに健康だし官能的な肉体だわ。私の治療以上に効果をもたらしただけのことはある」

女医が感心したように呟いた。

素っ裸の美貴子は、同性の目を意識して白い肌を紅潮させながら内診台にあがった。女医は、足台につけられた革ベルトで膝の少し上の部分をテキパキと拘束してしまう。マヤも両脇のハンドルを握らせて、手首を同様に革ベルトで固定した。

横についたハンドルと、台についたペダルを操作すると、美貴子の裸身はほぼ水平に仰向けになり、両脚は左右に九十度近くも広げた姿勢をとらされた。

（ああっ、恥ずかしいッ！）

女性の魅力の源泉を無影灯の皓々とした明りの中にさらけ出され、二人の同性の目に覗きこまれるという状況が、美貴子に気の遠くなるような羞恥を覚えさせた。

「まず性器検査ね」

薄いゴムの手袋を装着した女医が告げて、消毒綿で秘唇の部分を手早く拭った。

「ひっ」

思わず声が洩れてしまう。

「敏感な子。ちょっとさわっただけなのに」

玲子は薄い笑いを浮かべて、股間に近々と顔を寄せた。秘唇を指で広げてピンク色の粘膜部分からたちのぼる酸っぱい匂いをクンクンと鼻を鳴らして嗅《か》いだ。それだけで美貴子は頭が真っ白になるような気がした。

「OK。外見からは健康そのもの。性器臭も食欲をそそるヨーグルト臭。殿方好みね。では膣の中を」

冷たい金属が膣口に触れた。クスコと呼ばれる、膣の内部を見るための鳥の嘴《くちばし》のような形をした器具だ。ネジを回すことによって膣壁を拡張することができる。

「どれどれ、フーン……。なかなかいいお道具じゃないの。膣皺壁《ちつすうへき》はじゅうぶん高いし。あらあら、もう愛液がこんなに出てきた。見られたがりのお嬢さんね」

　玲子のからかうような口調がしっかりと目を閉じている美貴子の全身を火照らせる。不思議なことに同性の目に子宮の入口まで覗かれていることが刺激になって、子宮の内部まで火照るような感じだ。甘い疼きがビクンビクンと腰や腿のあたりを痙攣させる。

「こりゃ病気ねぇ」と女医が言う。

「何の？」とマヤ。

「露出症よ」

「はは、言えてる」

　二人の女は涙をこぼし歯を食いしばっている若い娘を嘲笑しながら、冗談を交わしている。

クスコが抜き取られた。

「では、お尻の穴の検査」

　女医がハンドルを回すと足台がグーンと持ち上がり、美貴子はおむつを換えられる時の幼児のような無防備な姿勢になった。

（やっぱりお尻の穴を……！）

　絶食を言い渡された時から予想していたことだが、羞恥はいっそう強まり、理性は痺れて何も考えられなくなってしまった。

「ふむ、ここも健康ね。特に肥大したり突出した部分もなく、色素の沈着も少ない。あんまり便秘をしていない証拠」

白い瓶からクリーム状のものを指にすくい美貴子の震えおののく排泄孔へとなすりつけた。冷たいヌルヌルした感触に全身に鳥肌がたった。

「息を吐いて……」

グッと人さし指が突き立てられた。

「ヒィッ」

おぞましい感覚に、たまらず悲鳴をあげてしまう美貴子。指のつけ根まで押し込んでから、玲子は直腸壁をまさぐるようにした。

「どう？」とマヤが訊く。

「痔はないわね……。ただ入口が緊《きつ》い。これだとアナル・バージンは強固ね」

「同志・鷹は、そんなに固くならないですよ。いくら回復したと言っても……」

「アナル・セックスはペニスが柔らかめの方が入りやすいのよ。とにかく拡張処置を施しておくわね」

ズボッと音を立てて指を引き抜く。

「はうっ」

美貴子はおぞましい感覚から逃れることができて、思わず息をついた。

「少し汚れているようだから、まずきれいにしなくちゃ」

女医が持ち出したのは、透明な液が充塡《じゅうてん》された巨大な注射器のようなものだった。しかし嘴管《しかん》だけで注射針はない。浣腸器なのだ。

「いやっ、そんなもの……」

美貴子は呆然《ぼうぜん》としてしまった。幼い時、一度だけ使われたことがある。その時の苦しさ恥ずかしさが一度に甦った。

「何をぬかす。おまえの汚いハラワタをこれで清めてやろうというのに！」

マヤが強烈なビンタを美貴子にくらわせた。玲子は冷静に浣腸器の尖った先端――嘴管を菊襞状の肉孔へと無慈悲に突き立てた。

「うーっ……」

冷たい薬液が直腸へと注がれると、美貴子は汚辱の涙で呻いた。

薬液の効果は一分もたつと現れた。腸がグルグルと音をたてて蠕動《ぜんどう》を始め、内容物を直腸へ肛門へと押し出そうとする。

「うっ、うーっ。あっうっ」

歯を食いしばって便意の来襲に耐える美貴子。玲子は腕時計を見て冷酷に宣言した。

「絶食は守ってたわね？　だったら十分間は耐えてごらん」

脂汗を全身から噴き出して苦しみ悶える娘にとって、その十分は長い長い時間だった。まるで何千本もの針が腹部を内側から突き刺すかのようで、脂汗が全身をねっとり濡らし白い腹部はふいごのように上下した。

「よし、十分たった。出させてあげる」

美貴子は拘束を解かれた。女医は部屋の一角を仕切っているカーテンをさっと引いた。

「えーっ」

美貴子は限界に来た便意を一瞬、忘れてしまった。見たこともない形の便器が置かれていたからだ。和風と洋風の便器を組み合わせたような奇妙な形状をしていた。しかも透明である。硬質のアクリル樹脂で造られているのだ。

丸い便器の上に跨がるのだが、臀部は浮かしたまま、しゃがみこむ姿勢になる。体を支えるために上体を預けるためのやや傾斜したビニールレザー張りのシートと左右に張り出したハンドルがある。サドルがなく、かわりに便器のある自転車にも見える。それに跨がると臀部はいやおうなしに背後に突き出す形になる。

「さっ、ここで盛大に出すのよ」

言い渡して美貴子を跨がらせた。カーテンは開けたままだ。泣き顔で訴えた。

「あの、閉めていただけないんですか」

「バカね、肛門がどの程度に伸縮するかを調べるんだから、私が見なきゃ意味がないのよ」

闇の組織で医務官をつとめる女医は、冷笑を浮かべて言ってのけた。

「そんな。ああっ……」

「したくなきゃ、いつまでもそこで呻いてなさい」

「おお……」

人に見られながら排泄するという汚辱の極限。それを要求された美貴子は、結局、屈服するしかなかった——。


三十分後、美貴子はマヤに引き立てられるように〝クリニック佐奈田〟を後にした。

白衣の女医はマヤの背に声をかけた。

「プラグには麻酔軟膏を塗っておいたから、同志のところに着くまでアヌスはほどよく柔らかくなっていると思う。亜硝酸アミルも効いてくるでしょう」

美貴子は再び服を着せられているが、彼女の穿いていたパンティは、今、マヤのジャケットのポケットの中にある。美貴子の足元はおぼつかない。

ビルの外に出ると黒塗りのハイヤーがスーッと二人の傍《そば》に近寄って停まった。降りてきた運転手にマヤが告げた。

「じゃあ、ホテル・エメラルダス・アンバサダーに」

「かしこまりました」

大型のハイヤーは滑るように動き、五分もたたないうちに都心の最高級ホテルへ二人の女を送り届けた。

「同志・鷹は、今夜はおまえを朝まで可愛がりたいようね。たぶん排卵期だと思うけれどそれは心配する必要はない。理由はわかるね？　おまえもたっぷり楽しむがいい」

エレベーターの中でマヤはそう言い、年下の娘の尻を撫で、スカートの上から強く打って彼女に悲鳴をあげさせた。不思議なのは、ハイヤーの中から現実感が希薄になり、まるで自分が夢の中にいるのではないか――と思うぐらいになったことだ。

連れてゆかれたのは最上階の真下にあるスイートルーム――リビングルームとベッドルームに分かれている、豪華な部屋だった。一泊するだけで美貴子のサラリーに匹敵する額を支払わねばならないだろう。

「おお、来たな。わが奴隷、ルビーよ」

百万円でセリ落とし、一カ月間、美貴子を自由に弄ぶ権利を勝ち得た初老の男は、オーバーな歓迎の表情で迎えた。

あいかわらずプラスチック製の精巧な鷹のマスクをかぶっているので口許《くちもと》しか見ることが

できない。そして全身を踝《くるぶし》まで隠す白いガウン。たぶん調教室で戦士たちが纏う黒い修道士のようなマント同様に、その下は裸なのだ。

美貴子を驚かせたのは、彼が自力ですっくと立っていることだった。つい一週間前までは車椅子に座っていた人物なのに。

「そうだ。これはおまえのおかげだ。私の弱りきって眠っていたオロチをおまえが勃たせてくれたおかげで、他の部分のリハビリも快調に進んでな、このように元気になったわけだ。だから今晩は、朝までおまえを可愛がってやろう。わはは」

愉快そうに哄笑する鷹。呆然として立ち竦《すく》んでいる美貴子の臀部を、またマヤが叩きのめした。

「ほら、ご主人さまの前で何をしている！　召し出されたら、裸になって待機のポーズをとれと教えたはずよ！」

美貴子はあわてて服を脱いだ。最後の奇妙な下着だけは着けたまま、絨毯《じゅうたん》の上で教えこまれた待機のポーズをとった。

「ほほう、医務官の処置か」

黒い褌《ふんどし》――見ようによってはTバックのスキャンティにも見える黒革製の下着を股間に食い込ませている若い娘の裸身を目にして、鷹のマスクの奥で、目がギラリと輝いた。

彼は足をひきずりながらも、杖も使わずにゆっくりと美貴子の背後に回る。

「拡張用のプラグを嵌めてます」

「どれ、ケツをもっとあげるんだ。ほう、なるほど……」

秘部をかろうじて覆う細い逆三角の革布は会陰部で二本の紐となって臀裂に食いこんでいる。その二本の紐は弾力性に富んだ黒いゴム紐で、それが美貴子のアヌスの部分で二回X状に交差している。その中央にできた交差部分に黒く太いプラスチックの筒がねじこまれていた。

直径はほぼ二・五センチ。それは肛門内部でさらに太くなって三センチに達している。医務官の玲子は泣き叫ぶ美貴子を押さえつけて、そのアナル・エキスパンダー・プラグを直腸までねじこんだのだ。

体外に突き出した円筒形の底部には溝が切られていて、革パンティのゴム紐はその溝に食いこむようになっている。そのために、革パンティを着けている限り、どんなに頑張ってもそのプラスチックの筒を押し出すことはできない。

「筋肉弛緩用の亜硝酸アミルを服用させて、肛門には麻酔軟膏を塗布しております。充分にペネトレートが可能だと、医務官は申していました。直腸まできれいにしてあります」

「そうかそうか」

鷹はニンマリと、満足そうな、淫靡な笑みを浮かべた。

（筋肉弛緩剤……）

玲子という女医は一番最後にカプセルの錠剤を服用させた。自分が雲の上にいるようなふわふわした気分なのは、その薬のせいだ。

「よし。ではベッドルームに連れてゆけ。おまえの道具はそこにある。さっき届いた」

赤い革の、要所に鋲《びょう》を打った頑丈なトランクを示した。マヤはそれを開けた。中にはさまざまな道具や衣装がぎっしり詰めこまれていた。

彼女は黒い、しなやかな房鞭を手にした。

屈辱的な膝立ちの姿勢を強いられている哀れな弄虐奴隷の剝《む》き卵を思わせる艶やかな臀部に、強烈な一撃を食らわせた。

バシッ。

「ヒーッ！」

衝撃、そして激痛。悲鳴をあげて美貴子は白い喉を見せてのけぞった。黒髪がサァッと舞う。

「うむ。美しい……」

鷹のマスクの下で表情が陶酔したようになる。マヤが叱咤した。

「そのまま、膝で歩いてベッドルームへ行くのだ！」

　豪華で広いベッドルームには二つのベッドが置かれていた。一つはふつうのシングルだが、もう一つはキングサイズ。その上がけを剝《は》いで、マヤは命令した。

「このベッドの上でよつん這いになれ！」

　たっぷりと肉の詰まったみずみずしい水蜜桃を思わせる双臀を持ち上げた美貴子は、むき出しの柔肉に強烈な鞭を浴びて悲鳴をあげ泣き叫んだ。顔を押しつけた部分のシーツが涙と唾液でぐしょぐしょになる頃、美貴子の尻も腿の裏側も真っ赤に、ところどころはドス黒く染まっていた。

「おお、おまえの悲鳴ぐらいわしのオロチを元気にしてくれるものはない……」

　美女による若い娘の凄惨な鞭打ちを眺めていた鷹が、ベッドに這い上がる。白いバスローブの前をはだけると、そこにはあの、老いて瘤《こぶ》だらけになった爬虫類を思わせる黒々としたペニスが、その鎌首をもたげていた。

（ああ、精力を取り戻している……）

　この初老の男が一週間前に比べて男の自信を回復しているのは一目瞭然だった。その回復に自分が役に立ったのだと思うと、奇妙な嬉しさを覚えてしまった美貴子だった。

「さあ。こいつをおまえの可愛い唇で喜ばせるのだ」

「…………」

目の前に膝立ちになったサディスティックな男の前に屈《かが》みこんで、美貴子は熱烈な口舌奉仕を行なった。

「調教官、悪いが後ろの方の準備を頼む」

うら若い娘の与えてくれる舌と唇の悦楽に顔を歪めながら、うわずった声で鷹は指示した。

「はい」

すでに薄い医療用ゴム手袋をはめたマヤは美貴子の股間に装着していた革のパンティ兼用アナルバンドをとり外した。グイとねじるようにしてプラスチックの筒を肛門から抜き取る。

ボコッ。

音がして赤に近いピンク色の肛門粘膜がめくれるように飛び出した。

「どうだ」と問う鷹。

「充分に練れているようですが」

ゴム手袋の指を美貴子のアヌスへ突き立ててぐりぐり掻《か》き回しながら、マヤは答えた。

「では、いこうか……」

唾液でたっぷりと濡れた肉茎を美貴子の唇から引き抜く。マヤはすばやく美貴子を仰向けに寝かせ、体を二つ折りにしてしまった。

「自分で膝を抱えこむの」

腿と腿の間から顔を覗かせるようなアクロバティックな姿勢をとらせると、美貴子の秘裂はおろか、アヌス拡張用のプラグを抜き取られて、鯉の口のようにポカッと開いた菊襞の入口はまっすぐ上を向く。

「すごい濡れようだ。これは潤滑剤になる」

嬉しそうに言いながら、怒張した己が分身を握り締めて、バスローブを脱ぎ捨てて全裸になった鷹が覆いかぶさった。事故の前までよく鍛えていたに違いない、年齢を感じさせない贅肉のまったくない痩身である。

マヤの手が挿入を介添えする。

「うむ……」

「あっ、ああー……」

自分のアヌスにそんな太いものが入るとは信じられなかった。薬剤の影響がなければ恐怖で美貴子の体はこわばって、よけいひどい苦痛を味わったに違いない。筋肉弛緩剤は恐怖を和らげ、侵略するものに対する肛門の抵抗力をも奪っていた。さらに直腸粘膜まで塗りこまれていた麻酔軟膏——キシロカインゼリーが痛みを和らげ、苦痛を感じさせないはずだった。

それでも、美貴子の手首ほどの太さのものがかつて一度も侵略を受けたことのない処女地を犯すのだ。

　やがて我が身を切り裂かれる苦痛が襲いかかってきた。

「ひーっ、うああっ、あー……」

　美貴子の唇から悲鳴が迸る。

「バカ。怖がれば怖がるほど痛い思いをするというのは、さっき思い知らされたはずよ。息を吸ったら大きく吐きなさい！」

　マヤが冷静に指示する。彼女の一方の手は美貴子のアヌスを広げ、もう一方の指はクリトリスを撫でまわしている。

「うぬ」

　鷹の首筋が紅潮するのがわかった。ズンと強い力が加わり、メリメリと筋肉が広がってゆく。

「おう」とうめく鷹。

「あうっ！」

　まるで矢を射こまれた子鹿のように跳ねくねる美貴子の裸身。

「入りましたね」

マヤが告げた。若く美しい娘の排泄器官にふかぶかと肉茎を埋めこんだ鷹が満足そうな声をあげた。

「おお、やはりバージン・アヌスだ。いい味をしておる。オロチは喜んでおる」

残酷な抽送が始まった。苦痛と汚辱に泣きむせび、悶え苦しむ美貴子を、冷ややかに眺めながら時おり摩擦される粘膜にローションを塗りこんでやるマヤ。彼女も激しく昂奮してきたらしい、服の上から自分のヒップや乳房も撫で回すようにしていたが、やがてスーッとブラウスを脱ぎ捨てた。下は黒いハーフカップのブラ、ガーターベルトとスキャンティ。レースのランジェリーが女豹のような褐色の肉体を彩っている。

自分もベッドに上がり、美貴子の傍《かたわ》らに横たわって、次第に恍惚の表情を強めてゆく女奴隷の耳元で囁《ささや》いた。

「どう？　気持よくなってきたようね。アヌスを犯されると癖になるわよ……。これでおまえも一人前の肛門奴隷だわ」

言いながら呻き声を吸い取ってしまうかのようにふっくらした唇に自分の唇を押しつけた。唾液をたっぷり呑ませながら手は美貴子の豊かな乳房を揉み、クリトリスや秘裂をまさぐり、さまざまな部位から快感を与え続ける。それは信じられない効果を女体におよぼした。

「うむ、いい……」

妖しい女同士の接吻を眺めながら、美貴子がしだいに高まってゆくのを肛門粘膜の痙攣から察知していた鷹は、

「うっ、うあーあッ！」

マヤの指の刺激で美貴子がイッた瞬間、

「オオッ！」

獣のように吠えて煮えたぎる牡のエキスをどっぷりと彼女の直腸の奥へと迸らせた――。

第五章　奴　隷

《精肉奴隷・公開調教のお知らせ

戦士各位

第一次専有期限の終了した精肉奴隷3体を次期競売に先立ち、左記の要領で下見をかねた公開調教を行ないます。

●＊月＊日（日）午後4時より。

●戦士団本営、特別ホール

●調教奴隷

＊ルビー（Aクラス）

＊パール（Bクラス）

＊カメリア（Cクラス）

●参加費用　五万円

●定員　十二名

希望者は前日までに戦士団事務局まで連絡してください。定員を超えた場合、入札希望者が優先されます。

黒き欲望の戦士団／大佐》

美貴子は暗い部屋の真ん中にいた。

頭上から降り注ぐ眩しい光。そのおかげで周囲は真っ暗で何も見えない。まるで舞台の上のストリッパーのようだ。

一糸まとわぬ全裸で、待機のポーズをとらされているからだ。

待機のポーズとは、女奴隷が主人の到来を待つ間にとらされる屈辱的な姿勢である。大きく股を開いて床に両膝をつき、下腹と乳房を前に突き出すようにピンと背筋を伸ばし、両手は頭の後ろで組み合わせる。

自分の恥ずかしい部分をさらけ出しつつ、美貴子は待ち続けている。そのポーズをとっている以上、主人がやって来て命令を下すはずだ。それが誰なのかわからないのだが。

ただわかるのは、眩しい光束に遮られて見えない周囲の闇の中から、大勢の〝戦士〟たちが自分の裸身を凝視していることだ。

女の柔肉を貪り尽くして倦《う》むことのない、飢えた猛獣のような男たち。それが戦士だ。その中から選ばれた一人が、美貴子の主人となって眼前に現れるに違いない。

闇の中でらんらんと光る肉食獣の目、目、目……。そこから射放たれる欲望に灼けた矢のような視線が、彼女の、薄く静脈を透かせた、絹のようになめらかで、搗《つ》きたての餅のように柔らかい、目のさめるように白い肌に突き刺さり、突き抜けてゆく。

(ああ、早く、早く来てください……ご主人さま……ッ)

淫らな秘部露呈のポーズをとらされている美貴子は、子宮が疼くのを自覚している。何時間、そうやって待機させられているのだろうか、もう記憶がない。あるのは、熱く火照る肉体と唇から洩れる熱い喘《あえ》ぎ。

ついに、その時が来た。

重々しく鉄の扉が開く音がし、ここ、奴隷のさらし場に新しい戦士が入ってきた。

(この人だ……! 新しいご主人さまは!)

直観的に美貴子は悟った。歓喜の表情を浮かべて、重々しい足音の方へと待機のポーズをとったまま無防備の裸身を向ける。

頭上から降り注ぐ光の束の中に、スッと一人の人物が入ってきた。膝をつく美貴子の前に仁王立ちになった。

兵営における戦士の制服——修道僧を思わせる、頭部をすっぽり覆うフードをかぶり、足まで隠れる裾の長い黒いマントを着けた人物。容貌も体格もほとんどわからない。

マントの前はすぐはだけられるようになっていて、これまで出会った戦士はすべて、その下は全裸だった。しかしフードの下にはプラスチック製の禽獣の仮面をかぶっているのが常である。

実際、美貴子を百万円でセリ落として最初の主人になった〝鷹〟の素顔を、美貴子は一カ月の専有期間の最後の最後まで目にすることができなかった。美貴子をひきずりこんだ闇の組織は、戦士と呼ばれるメンバーの正体を徹底的に隠蔽する。

まず美貴子のすぐ目の前に立ちはだかった戦士は、おもむろにマントの前をはだけた。

予想どおり、そこには完全に勃起した凜々しい欲望器官が、テラテラ光る真紅の亀頭を露出させて、まるで高射砲のように天を睨みつけていた。しかし肉体は筋骨隆々のマッチョタイプではなく、どちらかというとバレエダンサーを思わせる、ほっそりとして中性的な肉体である。

年齢は明らかに美貴子より同じか年下か、若い男性であることは確かだった。

美貴子は目の前に突きつけられた逞しい牡の器官が激しく昂奮している証——尿道口から

透明な液がおびただしく溢れて、なめらかな亀頭表面を潤してキラキラ輝いている――を認めた。

（ああ、舐めたい、くわえたいッ！）

美貴子の体の奥底から根源的ともいえる衝動が湧き起こった。女性は勃起した男性器官を見ると、ごく自然にそれに触れ、口にくわえて唇や舌で愛撫したくなる本能を秘めている。

ほんの数カ月前の美貴子なら、そんなことを訊かれたら即座に否定しただろうが、今は違っていた。それではなぜ、ペニスが膣ばかりではなく口にすっぽり収まるサイズなのか。秘唇は、その名のとおりどうして唇に似た器官なのか。神は男と女が上下逆になっても交合しあえるよう――その結果、快楽を倍加できるよう、設計したのではないか。

「ふふ」

美貴子の衝動を察したかのように、仁王立ちの若者は含み笑いをした。もう少し彼が近づけば美貴子は体を前に倒して彼の器官をくわえることができるのに、彼はわざと距離を保っている。

美貴子が膝を前に進めればいいことなのだが、その膝は何かで床に固定されているかのように動かない。

膝だけではない。

頭の後ろで組んでいる手にしても、それをほどいて眼前の猛々《たけだけ》しさを秘めた器官を摑めばいいのだが、組んだ指が接着されたようにほどけないのだ。

（あァッ、どうしてこんな時に金縛りになるのッ⁉）

美貴子は激しい苛立《いらだ》ちを覚えて呻いた。顔の前に突き出された魅惑的な、牡の美しさが凝縮された器官にどうして接吻できないのだろうか、さわれないのだろうか。

「ふふっ」

若者は美貴子の焦燥を察したかのように、また嘲笑するような含み笑いを洩らした。

もう少し腰を突き出してくれれば、美貴子はそれをくわえることができるのに。

（あぁっ、意地悪……ッ）

美貴子は激しい絶望感に襲われて懇願する目で若者を見上げた。

その時、彼がマントのフードをはねあげた。彼は、これまでの戦士の誰もがしていた仮面をつけていなかった。素顔だったのだ。

「ああッ！」

驚愕した美貴子は大声で叫んだ。

薄笑いを浮かべて彼女を見下ろしているのは、弟の雅也だった——。

「ああッ！」

自分の発した叫びで、美貴子は目を覚ました。アパートの自分の部屋で、自分のベッドの上で。

(夢だったの……)

全身に汗をかいて、寝衣が湿った肌にまつわりついていた。しばらくは動悸がおさまらず、胸に手を当ててじっと横たわっていた。

ようやく夢が与えた衝撃がおさまり、平常に息がつけるようになって時計を見た。九時。土曜の朝だ。

「いけない」

会社は休みだが、弟の雅也の朝食がある。いつもは八時前に起きるのが、寝坊をしてしまった。

あわてて跳ね起き、身支度しながらも今見たばかりの、奇妙な夢のことを考えないわけにはゆかない。

(なぜ、雅也があんな夢の中に……？)

〝黒き欲望の戦士団〟という、邪淫への欲望だけで連帯している、獣のような男たちの集団。真面目いっぽうの、まだガールフレンドも連れてきたことのない二十歳の学生。その二つがどこで結びつくというのか。

（やっぱり、欲求不満のせいだわ）

そう納得させるしかなかった。もし夢が自分の潜在意識を表面化させたのだとすると、自分の心の奥底に、弟に対する近親相姦的な願望があると認めなければならない。

（弟に対して私が性欲を抱く……？　そんなバカなこと……！）

ぶるっと震え、思わず首を横に振ってそんな考えを振り払った美貴子だ。

リビングキッチンに行くと、弟の雅也がちょうど外から帰ってきたところだった。Tシャツにジョガー用のトランクスという恰好。

顔は上気して汗ばんでいる。姉と顔を合わせた時の表情に、夢の中で見せた、あの嘲笑するようなものはかけらもない。

「ごめんなさい、寝坊しちゃった。いま、朝ごはん作るから」

「たまに寝坊したっていいのに。朝めしぐらい自分で作ったっていいんだから」

姉のひいき目で見ても、なかなかハンサムだと思う顔に明るい笑いを浮かべた。

美貴子と雅也は、二歳違いの、ごくふつうの姉弟として暮らしてきた。

雅也は小さい頃からパソコンに熱中していたので、親は理工系に進むのだとばかり思っていた。ところがやがてコンピュータグラフィックに目覚め、今度はコンピュータを使った美術に関心を抱くようになった。だから美術大学に進みたいと言い出した時、親は猛烈に反対したものだ。彼らの理解を超えた世界だったから無理もない。

しかし美大受験には一度失敗し、一浪の最中には精神的にかなり不安定になり、家族を心配させた。

ようやく、コンピュータグラフィックアートに門戸を開いている美術大学に合格した時、親も美貴子も心底ホッとしたことだった。東京の専門学校を出てOLになった姉と同居するように親が奨《すす》めたのは、やはり精神的に不安定なのを心配してのことだった。

実際、美術大学に入った春頃は受験生活が尾をひいていたのか、生活もひどく不規則で昼間も寝ていることが多く、美貴子は「五月病なのかしら？」と心配したほどだったが、この一、二カ月ですっかり快活になった。

週末にジョギングするようになったのも、美貴子にとっては好ましいことだった。夜遅くまでパソコンの前に座っている〝おたく〟青年であって欲しくなかったから。

自分の部屋のドアを開け放したままで、彼はジョギングのあとのクーリングダウンの体操をやりだした。キッチンにいて食事の仕度をする美貴子の視線は、どうしてか健康な汗の匂いを放つ弟の肉体に注がれてしまう。

ふだんは雅也の肉体を意識することなどなかったのに、やはりあの夢のせいだ。

（雅也のペニスは、どんなだろう？　夢の中に出てきたような、あんな凜々しい形をしているだろうか？）

ついそんなことを考えている自分に気づきハッとして姉は顔を赤らめた。

（いけない、いけない。なんてことを考えるのッ!?）

それもたぶん欲求不満のせいだろうか。そのために昨夜はオナニーに耽《ふけ》り、だから寝坊してしまったのだ。

――一カ月にわたった〝鷹〟の専有奴隷という身分は、数日前に解除された。

調教官という肩書をもつマヤという女が、「一週間の休暇を与える」と電話をしてきた。

それまでは週に少なくとも二度、時には三度ぐらい呼びつけられて、初老の戦士に奉仕するという生活だった。

百万円という金を戦士団に払い、一カ月の間、彼女を思うぞんぶん性的奴隷として楽しむ権利を得た鷹という人物は、初めて会った時は車椅子から立ち上がれず、性的活力は衰弱して勃起不全の状態にあった。

その原因はあとになってわかった。彼に奉仕している時、脇腹から背骨にかけて無残な傷痕が残っていたからだ。おそらくは車の事故で脊椎を痛めたに違いない。その結果、男の生殖能力を司《つかさど》る部分に大きなダメージを受けてしまったのだ。

ところが、美貴子を相手に残虐な遊戯を楽しむうち、鷹は驚くほどのスピードで回復していった。専有期間が終わる頃には、彼はもう杖も必要とせずに歩き回れて、美貴子の膣どころか肛門まで犯し、それもひと晩に二度の射精を遂げることが可能なまでに回復していた。

最後に美貴子を楽しんだ時、どう見ても六十すぎの鷹は言ったものだ。

「ここまで回復したのも、おまえという魅力的な奴隷を得たせいだ。まぁ、再びわしの野望が満たされた暁には、おまえにそれに見合う報酬を与えてやろう」

そんな言葉をかけられても、美貴子はどこまで信じていいのかわからないのだが、一カ月、さまざまに責められた相手なのに、不思議に愛着の情が湧いてしまった自分に気づき、狼狽してしまったのは事実だ。

(なぜ、こんなに残虐に私を弄び、屈辱の泥沼に突き落としてくれた男に……?)

それは〝黒き欲望の戦士団〟という邪悪な組織に捕えられて以来、何度も味わった説明できない感情だった。

果てしない凌辱。果てしない苦痛。果てしない汚辱……。それまでほとんど性的な体験のない清楚な娘は、膣だけでなく口も肛門も男の欲望に捧げ尽くす性的奴隷として過酷な体験を強いられてきた。

なのに、ふいに奴隷という身分から——短期間であれ——解放されてしまった時、美貴子は安堵するより、逆に宙ぶらりんにされた不安定な怯えさえ覚えてしまったのである。

（私って、あの人たち——鷹やマヤや大佐たちによって、心の底まで奴隷にされてしまったのかしら……？）

たぶんそうに違いない。

今の美貴子は、二カ月前の、単なるＯＬだった頃の美貴子とまったく違う。性愛というもの、男女の関係というものを違った角度から眺めることができるようになった。

弄虐の限りを尽くされているうち、美貴子はだんだん、女の持つ力というようなものを感じるようになっていた。

男たちが飽くことなく美貴子や他の奴隷たちに淫虐な行為をしかけるのは、それだけ女というものに力があるからなのではないか。奪われても奪われても湧き出る活力。だからこそ鷹は回復できたに違いない。

（だとすれば、雅也にだって私は影響を及ぼしているはずなんだけれど……）

一つ屋根の下で暮らすきょうだいの間に、その力は通用しないのだろうか。かつて美貴子は、弟に対して、とりわけ異性を感じたことはなかった。それは雅也も同様だろうと何とはなしに思っていたのだが……。

しかし今、けっこう逞しい太腿を抱くようにして屈伸運動をしているショートパンツ姿の弟を眺めていると、ふいに美貴子の体の内側が熱くなった。下着に包まれている彼の男性器官を想像してしまったからだ。夢の中に現れてきた、カウパー腺液でヌラヌラした、真紅の亀頭がそれに重なる。

（いやだ……！　どうして雅也なんかに？）

たぶん、一カ月というものずっと、初老の男性の器官だけに接していたからだ。美貴子の肉体は無意識に若者の雄々しい肉体を渇望していて、それが夢になって現れたのかもしれない。

そういえば、最初に誘拐され調教室に連れこまれた時、美貴子は大佐の率いる部下──誘拐チーム全員に凌辱された。その時、確か鷲の仮面をつけた若者も一人参加していた。

そこで思い出した。夢の中に現れた若者の肉体は、その時の鷲のものだった。

（鷲は、雅也と同じぐらいの感じ……。だとしたら、雅也のペニスもあんなふうなのかしら……？）

どうしても弟の股間に目がいってしまう姉は、また顔を赤らめた。

──その午後、アパートに一人でいた美貴子に電話がかかった。

調教官マヤだ。

「美貴子。またルビーに戻る日が来た。明日の午後二時、いつものバス停に来なさい」

「かしこまりました」

　また性の奴隷として過酷な主人に奉仕する日々が来るのだ。再びセリにかけられるのだろうか。美貴子のたおやかな体を戦慄が駆け抜けた。

「それと、今日中にやらねばならぬことがある」

　マヤは命令を続けた。

「まず、今この瞬間からパンティを脱げ。上はスカートのままだ。ジーンズなどを穿くことは許さない」

「えっ？」

　思わず耳を疑った。やがて弟が帰宅する。その時、スカートの下はノーパンでいろというのだ。

「もう一つ……」

　二つ目の命令はもっと淫らなもので、美貴子は言葉を失い、ただ喘ぐだけだった。

「いいかい、私たちの目がおまえのアパートに届かないと思ったら間違いよ。命令に従ったか従わなかったかは、すぐにわかるのだから……。言うとおりにしないと」

　別な女の悲鳴が美貴子の鼓膜を打った。

「ぎゃあああーッ！」

美貴子はすくみあがった。

明らかに戦士団が所有する奴隷の一人がマヤの手にかかって拷問されている。

「そうなんだよ。今、医務官・玲子のところにいるの。玲子の言うことをきかない女奴隷にお仕置きをしているところ。私たちの命令に従わない奴隷がどんな罰を受けるか知りたいか？」

美貴子は今すぐ電話を切りたかった。なのにブルブル震えながら、マヤの声と、その背後で号泣し哀願する女の声に耳を傾けていた。

「クリトリスをむき出しにして、ＶＩＰという薬を根元に打つんだよ。こいつは海綿体を充血させて強制的に勃起させるインポ治療薬なんだけどね、そうやってビンビンにしておいたクリちゃんに縫針を突き刺すんだ。それから反対の端をライターの炎で炙《あぶ》る。こんなふうにね」

シュボッ。

電子ライターが着火する音。

「ぎゃあああー！」

また絶叫が美貴子の鼓膜をうち震わせる。勃起したクリトリスに針を打ちこまれるだけでもすさまじい苦痛だろうに、それを真っ赤になるまで熱せられるのだ。

水音が聞こえた。沈黙が訪れる。

「おや、小便をジョロジョロ洩らして気絶してしまった」

マヤがカラカラと笑った。

「わかった？　こういうことをされたくなかったら、私の命令をきくんだね」

しばらくの間、切れた受話器を手にして美貴子は立ちすくんでいた。

今、着ているのは白いポロシャツにゴルフミニのスカート。家の中だからパンストは穿いていない。その状態でパンティを脱げというのだ。

超ミニというわけではないから、よほど屈んだりしない限り、雅也の目に腿のつけ根が見えることはないだろうがパンティを穿いているのと穿いていないのとでは、意識の持ち方が違う。

（自分の弟の前でノーパンでいろなんて！）

できるものではないと思った。

マヤがいくら脅かしても、この部屋に隠しカメラのようなものが設置されているとは思えなかった。

（でも、彼らはよく私の行動を把握している……）

今だって、まるで弟がいない時を見計らったように電話してきたではないか。

アパートの部屋は二階だ。どこか高い建物の上から望遠鏡で監視しているのではないだろうか？

そう思って窓から周囲を見渡してみた美貴子だが、この部屋を簡単に覗きこめる場所はありそうにない。

（盗聴器かしら……？）

それなら美貴子の行動はわかるかもしれないが、だとしたらパンティを脱ぐか脱がないかまではわかるはずがない。

（…………）

思案に暮れていると、玄関に足音がした。外出していた雅也が帰ってきたのだ。

その瞬間、美貴子はスカートの下に手を入れてパンティをすばやく脱いだ――。

美貴子がキッチンで夕食の仕度をしている間、雅也はリビングのソファで寝ころがってテレビを見ていた。

たとえ床に伏せていようと、その角度ではノーパンであることがわからないはずだが、美貴子はやはり弟の視線を意識せずにはいられなかった。

（パンティラインが出ないのを不思議に思われないかしら……）

Ｔバックのスキャンティだとパンティラインが浮くことはないが、美貴子が家ではそういうのを穿かないことを、雅也は知っているのではないか。だとしたら――などと考えてしまう。そういえば、何気ない様子で自分に向けられる弟の視線が、心なしかヒップに突き刺さるようだ。

（ああっ、やっぱりノーパンだってわかってしまったのかしら？）

そんなはずはないと否定しつつ、つい、そう思ってしまう。不思議なもので、それが刺激になって子宮が疼き体が火照り、秘部が濡れてくるのだ。愛液を拭うために、何度か美貴子はトイレに入らねばならなかった。

夕食になって、さし向かいに食卓に座った弟が、ふいに話しかけた。

「姉さん、本当に最近は色っぽくなったね。恋人ができたんじゃないの？」

その言葉は最近、よく口にするのだが、ノーパンを強制されている今、そう言われるとカーッと頬が火照り、返答までつい口ごもってしまう。

「また……。恋人なんかいないわよ」

「だって、最近は週末になると必ず出かけるし。明日だって出かけるだろう？」

マヤから呼びつけられたので、明日はまた同窓会の幹事会があるという理由を作り、休日の外出を告げたばかりだ。

「それは……何やかやと用ができちゃうからよ。デートとかそういうのじゃないわ」

「帰りだって遅いよ」

そうなのだ。鷹は外泊を命じることはなかったが、深夜にハイヤーで送られたことが何度もある。弟には友人の車で送ってもらったと言い訳しているが。

「それより、あなたはどうなの？　そっちこそ恋人ができたんじゃない？　私が出かける時はきみも出かけてることが多いよ。できたら紹介して欲しいわ」

逆襲に出た。雅也は鼻白んだ。

「いないよ。どうして？」

「そうかなぁ。きみのシャツをクリーニングに出す時、髪がくっついてたのよ。長い髪だけど私のじゃない。誰か別の女の子」

「それって電車か何かで偶然に誰かのがくっついたとしか思えないけどね」

なぜか雅也はムキになって否定した。

——夜、就眠するときに美貴子は目覚まし時計をかけた。音量は最低にして、雅也には聞こえないようにした。

三時きっかり、ベルが鳴って美貴子は眠りから覚めた。アパートの中はシンと静まりかえっている。

　そうっとベッドから抜けてリビングキッチンの向こうの雅也の部屋を窺《うかが》う。

　起きているなら明かりが洩れるのだが、今は真っ暗だ。起きている気配がない。

（雅也は眠っている……）

　しかし、こんな真夜中に、誰が監視しているというのだろう？　マヤの命令など無視してまた眠ってしまってもいいのだ。

　昼の電話で、マヤはこう言ったのだ。

「夜中の三時に起きて、真っ裸のまま台所に行き、冷蔵庫からキュウリを出すのよ。そうねナスがあるのならそれでもいいわ。二本用意して……」

　しかし、どうして全裸でキッチンに行けるだろう？　もし弟がトイレに行こうとして起きてきたら？

　そこまでの勇気はなかった。だから薄い、前開きのネグリジェを羽織った。パンティは結局、あの電話があってから穿いていない。

　暗いキッチンへ行き、そうっと冷蔵庫を開ける。キュウリは買い置きのが数本入っていた。

　それを取り出して、包丁で表面についているボツボツをこそげ落とす。

　バターの固まりを円錐形に切り、それをアヌスへと押し込んだ。冷えているからまるで座薬のように、直腸までスポッと入った。たちまち体温で溶けるはずだ。

　二本のキュウリを食卓の上に置く。明かりをつける勇気はない。つけなくてもキッチンの窓ごしに街灯の光が射しこんで、闇の中に自分の裸身が浮かび上がる明るさだ。

　耳の中でマヤの声が甦る。

〈弟の部屋のドアに向かって立つのよ。それで一本のキュウリを前に、もう一本のを後ろに入れてオナニーしなさい。ちゃんとイクまでやるのよ……〉

　まるで遠隔操作で動くロボットのように、ぎこちない動きで若い娘は薄いネグリジェの前をはだけた。まず一本のキュウリを手にとる。左手で秘部をまさぐってみると、愛液はもう充分に溢れていた。

　深夜、アパートのキッチンでオナニーするという計画に、もう体は反応しているのだ。

「うっ……」

　青緑色の野菜が柔らかい襞肉のトンネルに押しこまれていった。

　鷹はよくイボイボのついたディルドオを美しい女奴隷に使ったものだが、その時と同じ刺激が激しい昂奮をよび起こした。二度、三度と出し入れするうち、愛液が腿を伝って踝《くるぶし》まで濡らした。いや、真下にポタポタと滴り落ちて水溜まりを作るほどだ。

　グシュニュリムチュグチュ。

いやらしい音をたてて出入りするキュウリ。もしこの瞬間、弟がドアを開けたらネグリジェの前をすばやく閉じようと考えていた。弟はびっくりするだろうけど、深夜、キッチンにいる理由は「気分が悪くなって水を呑みにきた」とでも、何とでも言い訳できる。

だが、そんな注意力は刻一刻と失《う》せていった。キュウリが粘膜を摩擦するたびに強烈な快美感が湧き起こり、脳を痺れさせてゆく。

（ああ、すごく感じる……ウッ）

自分でも驚きだった。一人でするオナニーの時は、指以外、何かを入れようと考えたことなどなかったのに。

もう一方のキュウリを左手に持ち、後ろの孔にあてがう。そのためには片足を食卓の椅子の上に乗せなければならなかった。バターは充分に溶けて肉孔から洩れてきていた。

（ひどい恰好……）

薄いネグリジェの前をはだけ、乳房も秘部も露出した姉が、キュウリを秘唇と肛門に押しこんでオナニーしているのだ。もし弟が見たら、発狂したと思うに違いない。

「うう、うう、……ッ」

快感の呻きをこらえながら、美貴子は両手を動かした。一枚の筋肉層を隔てて二本のキュウリがこすれあう。それが生み出す快感は思わず大声を出したくなるほど強烈だった。

「あっ、うう、ううーっ」

傷ついた獣のように呻きながら、やがて弟に見られる懸念も吹き飛んで、もう快楽の追求だけしか考えずに美貴子は手を動かしつづけた。やがて腰がピクンと跳ねて全身に痙攣が走った。

「うお、おおーッ！」

孤独な淫猥遊戯の果て、オルガスムスに達した若い娘は叫びながら板張りの床に崩れ落ちた。

びくびく震えていた白い裸身がやがて動かなくなり、腹部だけが上下している。

第六章　打擲

【設立の目的】

「黒き欲望の戦士団」は、女たちを徹底的に屈伏させ支配し、男たちの性的奴隷とする欲望を抱くものが、それを現実のものにするために、設立された組織である。

【機構】

「黒き欲望の戦士団」は、軍隊と同じ機構、階級によって構成される。

【戦士】

何びとによらず戦士団に入団したものは、「戦士」と呼ばれる。戦士の数は最高で百人を超えないものとする。

【戦士の資格】

入団を希望し戦士たらんとする者はすべて最も身近な、かつ奴隷として適当な女を最低一名、戦士団に提供しなければならない。司令部が審査し、その女が奴隷として適格と認められて初めて、彼は戦士たる資格を得る。これ以外に戦士たりうる条件は存在しない。

《黒き欲望の戦士団・総則第一章より》

翌日――。

朝食のテーブルで美貴子はまともに弟の顔を見ることができなかった。

その朝は上が黒いブラウス、下は黒いロングのスカート。調教官マヤの命令どおり、ブラジャーもパンティも着けていない。

弟に対する恥ずかしさは、それだけが理由ではない。深夜の三時に、マヤのもう一つの命令に従ったことで、美貴子は自分を呪っている。

最初は、命令にそむくつもりだった。

外に呼び出されて、主人である戦士に性奴隷として扱われるなら、どんなに淫猥残酷な責めにも耐えられるだろうが、一番身近な存在である弟の雅也には、もしパンティを穿いていないことを知られると思っただけで死にたいほどの恥ずかしさを覚える。

それなのに、深夜、美貴子は命令に従ってしまった。全裸にだけはなれず、前開きのネグリジェを羽織って、雅也が起き出してきた時はすぐに体を隠せるようにしてだったが。

（ああ、信じられない。この私が、弟に見られるかもしれないのに、あんな淫らなことをしたなんて……）

思い出しただけで顔が真っ赤になってしまう。指示されたとおり二本のキュウリを前と後ろから挿入して激しく動かし、最後は前後不覚になってしまったほどの激しい絶頂感を味わった。どれほど大きい声をあげたものやら、自分でもわからない。

ただ、雅也は熟睡していたらしく、ドアの向こうで目を覚ました気配がなかったのが唯一の救いだった。

「あーあ」

その雅也は朝食を食べ終えると大きく伸びをしてみせた。

「眠りすぎるのも考えものかな。ぐっすり寝すぎて頭がボーッとしている」

無邪気な笑顔だ。

（やっぱり、何も気づいていないんだ……）

姉はホッとする。

やがて弟は出かけていった。

彼には今夜、大学時代の友人たちと会い、遅くなったらその中の一人のアパートに泊めてもらうのでひょっとしたら帰らないかもしれないと伝えてある。

(雅也は私に恋人ができてデートなんだと思っている……)

その誤解はそのままにしておくしかない。邪悪な集団の言うなりになる性奴になったなど、絶対に知られてはならない。

そこで、弟の身を案じる姉にかえった。

(雅也は恋人ができたのかしら?)

彼のシャツに付着していた長いひと筋の黒髪。それが気になる。雅也は「電車の中かどこかでくっついたんだろう」と弁解したが、どうも何か隠しているような態度だ。

(親しい女の子ができたなら、紹介してくれてもいいのに……)

雅也はその恋人と、もうセックスをしているのだろうか? 相手は雅也のペニスをどんなふうに愛撫してやるのだろうか。唇と舌をどのように使うのだろうか。

(バカ、バカ。何てことを考えるのッ)

あわてて妄想をふり払った美貴子だ。

(昨夜も、雅也の夢を見てしまった。私って何かこの頃、ヘン……)

一昨日、真っ暗な闇の中から現れて、自分の新しい主人となるべき戦士が、顔をあらわにした時、それは弟の雅也だった。あまりの驚きに声をあげて目が覚めてしまった。

ところが今朝、やはり同じ夢を見たのだ。

今度は「雅也かしら」と予想しているところだけが前回とは違う。そして、予想は的中した。雄渾な肉茎をふりかざし、赤みを帯びたピンク色の亀頭の濡れ輝く先端を、待機のポーズをとる美貴子に突きつけた逞しい戦士。それがなぜ雅也なのか、美貴子は当惑するばかりだ。

（あんな夢に意味があるはずはない）

そう自分に言いきかせても、二晩も続けて弟が自分を犯しにやってくる夢を見ては、心安らかではいられない。

午後二時少し前、美貴子は家を出た。

セックス奴隷に与えられた一週間の休暇は終わった。今日はまた新しい主人を与えられる。どこで、どのようにしてかはまだわからないが……。

身に纏っているのは薄手のブルゾンの下は黒いセーター、赤いミニスカート。パンストではなく肌色のハイソックス。靴は通勤用のローヒール。バッグの中にブラジャーとパンティを忍ばせてはあるが、どうせ身に着ける機会はないと覚悟している。

五分も経《た》たないうちに一台のパネルバン——運送屋がよく使う、アルミ製箱型貨物室をもつトラック――がバス停の少し向こうで停まった。最初のセリにかけられる時、やはりこのパネルバンに乗せられて、秘密の地下牢獄のような場所へと運ばれた。

運転席のサングラスをかけた男が、美貴子に向かって後部の扉へ来るよう合図した。美貴子がおそるおそる近づくと、助手席から降りてきたもう一人のサングラスをかけた男が扉をサッと開けた。

「ルビー、しばらくぶりだな。さあ乗りな。奴隷用極楽直行便だ」

駅前の雑踏の中で美貴子を誘拐したチームの指揮官で〝中尉〟と呼ばれる男だ。

「…………」

軽々と抱きかかえられ、まるで家畜か何かのように美貴子は貨物室の中へとほうりこまれた。男は自分も飛びこむと、内側からすばやく扉を閉じた。

「…………！」

四畳半ぐらいはありそうな貨物室の中には前回同様、二人の女奴隷が乗せられていた。扉を閉めても天井近くの換気口からわずかに光が射しこんでくる。積まれたものの形はハッキリとわかる。前回と違って、先客の女性二人は全裸にされていた。

暗いせいで青ざめたように見える白い肌。二人の裸女は、左右の側壁に背を押しつけるようにして立っていた。いや、立った姿勢でまったく身動きもできないように手足を拘束されていた。

貨物室の内側には床も天井も厚手のベニヤ板が貼りめぐらされている。天井の高さは長身の人間が楽に立って歩ける程度。その天井近くと床すれすれに、五十センチほどの間隔で金属製の鉤がずらりと打ちこまれていた。本来は積んだ荷物を縄で固定するためのフックであろう。

二人の女は左右の壁に向かい合う姿勢で立たされ、両手はバンザイをするように、両足は大きく開いて股を割るようにして、両方の手首足首にかけられた縄をその鉤に留められていた。その姿はまるで、博物館の壁に留められた陳列用の昆虫標本のようだ。

秘部を覆う一枚の布きれさえ許されていない。瞬時に美貴子は、彼女たちがおよそ一カ月前にこの貨物車に同乗したのと同じ女性たちだとわかった。自分より年上の人妻らしい感じの女性。そして自分よりまだ若い少女っぽい娘。

前回は乗せられたとたんに目隠しをさせられたのでほとんど観察する暇はなかったが、今回、中尉は目隠しをしようとはしなかった。そのかわりに押し殺した声で命令した。

「脱げ」

命令を待つまでもなく、美貴子は服を脱ぎ始めた。下着を着けていないので、ほんの数秒で素っ裸になった。

「目隠しも猿ぐつわもしない。そのかわり、絶対に口をきくな。ただの家畜になっておとなしくしていろ」

貨物室の奥の壁に、他の二人と同じように全裸の美貴子を大の字に縛りつけながら、中尉は命令した。彼が降りて扉を閉めると、トラックがゆっくりと走りだした。

貨物室の中は全裸でいても寒くはなく、かといって暑いというほどでもなかった。それでも美貴子の膝はガクガクと震えていた。

（まるで家畜……）

この組織を動かしている男たちは、彼女たちの尊厳や誇りなど、一顧だにしない。

美貴子がガタガタ震え続けるのは、しかし打ちひしがれて惨めな気持ちでいるせいばかりではない。

また、あの陰惨な戦士団の巣窟へ連れてゆかれ、野獣のような欲望をむき出しにした男たちの前に連れ出されることを想像して、激しく昂っているせいでもある。

（そんなバカな……）

内腿を温かい液体がツーと伝う。

愛液が膣口から溢れているのだ。それは美貴子の子宮が欲望で沸騰しつつあることを示している。

（ああっ、恥ずかしい……ッ）

目隠しされることを、自らこれほど望んだことはなかった。

美貴子の左右の壁にくくりつけられている二人の女性は、少し顔をねじるだけで美貴子の裸身すべてを見ることができる。それは美貴子も同様だ。三人が三人とも相手のまったく無防備なさらしものにされたヌードを見ることができるのだ。

美貴子の乳首はチリチリと震えながら野苺《のいちご》ほどの大きさに勃起してゆき、腹部から太腿にかけての筋肉が自制できずにビクンビクンと前に突き出してしまう。激しい昂奮状態にあることは一目瞭然だ。もし片手でも自由にされていたら、美貴子は浅ましさなど感ずることなく夢中で自分を慰めることだろう。

そんな発情した状態の自分を、同じセックス奴隷の身とはいえ見知らぬ二人の同性に眺められるのだ。昂奮する自分を激しく羞じらう自分がいて、美貴子は思わず嗚咽《おえつ》してしまった。

（見ないで……どうか顔をそむけて……）

二人の女たちは正視はしないものの、顔はやや俯《うつむ》かせたままで、チラチラと横目で美貴子の裸身を観察している。彼女たちはここに来るまで、真正面の相手の裸身をイヤでも見つめさせられていたのだ。

（だったら……？）

美貴子は意を決して顔をあげ、目を凝らした。

どちらの女性も秘部を濡らしているのは明らかだった。左側にいる三十代半ば、明らかに出産経験があるとわかる人妻などは、ポタポタと糸をひくような愛液が広げた脚の間から滴り落ちて床に小さな水溜まりを作っていた。

彼女は剃毛《ていもう》されていて、秘裂からはみ出ている濃いセピア色の大ぶりの秘唇がまる見えになっている。

（みんな、昂奮している……）

三人の女奴隷を全裸で向かい合わせて、しかし身動きもさせないようにしている。これは文字どおりの羞恥地獄だった。

さすがに走っているうち、昂奮がいくぶんおさまり、ようやく冷静な目で美貴子は二人の女奴隷――自分の仲間――を冷静な目で観察することができるようになった。

右側の年若い少女は、体つきは美貴子よりやや華奢。それでいて豊かに盛り上がった胸のふくらみを持っている。

体から匂う爽やかなボディソープの香料と混じった甘い肌の匂い……。

（どこかで会ったような……。アッ！）

美貴子は思い出した。

オフィス・ビルの中にある医務官・玲子の診療所を初めて訪れた時、廊下ですれ違った少女。あの時は清楚なセーラー服を纏っていたのだ。

（この子は、あの時の女子高生……！）

とすると十七、八という年齢だろうか。そんな若さで邪悪な野獣のような男たちの玩具にされる運命を甘受している。目元の涼やかな、見るからに聡明そうな、それでいて可憐な美貌の少女だけに、美貴子の胸は痛んだ。

（私はまだいい。もっとひどい目にあっている奴隷もいるのだ……）

いったい、どこの誰がこんな可憐な少女まで獣欲の餌として貪るのだろうか。ふいに言いしれない怒りが湧いてきた。

だが、その可憐な少女もシットリと秘部を濡らしている。野獣たちの生贄にされながら美貴子と同じように、欲情するように調教されてしまった体なのだ――。

三十分ほども走ってパネルバンはスピードを落とした。背中が壁に押しつけられたことで、傾斜路をくだってゆくのがわかった。やがて水平になり、ガタンと停まる。

ドアが開いて中尉が入ってきた。今度こそ彼は黒い布で全員に目隠しをほどこした。

「おやおや、三人とも見事にビショビショに濡らしてくれたなぁ」

彼は女たちの股間を見て嗤《わら》った。

拘束の縄を解かれて裸足のままコンクリートの床へ抱え下ろされた。車の匂い、油の匂い、埃っぽい匂い。この前と同じ地下の駐車場だろう。戦士団は女奴隷たちにその場所を知られたくないらしい。

全裸の女たちに首輪が嵌められ、後ろ手錠がかけられた。三人は手錠の鎖が後ろの者の首輪に繋がれて数珠《じゅず》つなぎに廊下を歩かされてゆく。

（ああ、また……獣たちの巣に連れてこられたのだ……）

獣欲の生贄になる自分の運命を呪いつつ、それでも子宮は昂り秘唇からは絶え間なく愛液が溢れてくる。

それは美貴子の前にいる熟女と少女にしても同じはずだ。

広間のような所へと連れてこられた。

煙草の煙と男たちの体臭、それに邪悪な欲望が充満している。美貴子の肌は敏感に獣たちの気配を察して鳥肌を立てた。

舞台のような段を上らされ、そこで三人を繋ぐ鎖が外された。後ろ手錠も解かれる。ぐいと肩をこづかれ、場所を定められた。マヤの声が響いた。

「ルビー、そこで待機のポーズ！」

ほとんど反射的にその場に股を開くようにして両膝をつき、両手は頭の後ろで組んだ美貴子。胸を反らし下腹を突き出し、主人の命令を待つ。

周囲で獣たちが殺気だつのがわかった。美貴子たちはさながら飢えた野獣たちの真ん中に連れ出された兎だ。

「パールはここ」

「カメリアはここ」

三人の女たちにそれぞれの場所を与えたマヤが、まず美貴子の目隠しを解いた。

（…………！）

周囲は真っ暗だった。何も見えない。

強い光が真っ正面から浴びせられている。ただ、自分がポーズをとらされているのは円形の舞台だとわかる。その床は膝をついても痛くないような厚い絨毯のようなものが敷き詰められている。

左右に目を走らせると他の女奴隷の姿がかろうじて視野の端に映った。やはり同じ姿勢をとらされていて、その背中のほうだけ。

三人は直径が二メートルほどの円形の舞台に載せられ、外周に沿って等しい角度を保って配置されている。

（最初のセリの時と同じ部屋、同じ回り舞台だわ……）

美貴子は鷹に百万円でセリ落とされた時のことを思い出した。

眩しい光のために眼前は闇となっているが、その中にらんらんと光る肉食獣の目がいくつも、欲望に灼けた視線を彼女の柔肌へ突き刺してくる。ふいに思い出した。

（これって一昨日、昨日の夢と同じ……）

美貴子は理解した。あの夢はセリの時の記憶がもとになっていたのだ。

夢の中では、一人の戦士が扉を開けて入ってくる。猛々しい男根をふりかざして彼女の前に立ちはだかった男がマントのフードをはねのけると、そこにあったのは弟の雅也の顔だったが……。

（まさか、そんなバカなことが……！）

美貴子はパニックに襲われた。実際に、扉が開く音がして足音が近づいてきたからだ。

ふいに光の束の中にマントを羽織りフードをすっぽりとかぶった人物の姿が浮かびあがった。

（雅也……！）

美貴子の恐怖状態が絶頂に達した時、その人物はフードをはねのけた。黒髪が宙に躍った。

調教官・マヤだった。

マントをサッと脱ぎ捨てると、真っ赤なＰＶＣのオールインワン。黒い網ストッキングに赤いＰＶＣのストッキングブーツ。

赤革の房鞭を手にした絵に描いたようなサディスティンは、三人の女が待機のポーズをとる舞台の中央にすっくと立ちはだかった。

「準備は整いました」

周囲の暗闇の中の一点に向かってうやうやしく一礼して告げると、重々しい声が返ってきた。

「ご苦労。公開調教を始めてくれたまえ」

闇の組織の最高司令官〝大佐〟の声だった。

「かしこまりました。では最初に、奴隷たちに課した〝宿題〟の達成度を訊問《じんもん》します。立て、カメリア！」

あの三十代の熟女が弾《はじ》かれたように立ち上がった。マヤは美貴子と少女の二人を自分の背後に立たせた。ゴトゴトと何かを動かす音がしたかと思うと、闇の中から巨大なものが舞台に運び上げられた。

体操競技に使う鉄棒を思わせるものだった。二本の太い角柱が円形舞台の直径いっぱいの距離に立ち、熟女が手を伸ばしてようやく届く高さに水平に丸い鉄パイプが載せられている。

熟女がバンザイをするように両手を広げると、ちょうどその部分に革の手枷《てかせ》が取りつけられていた。

マヤは二人の黒マントの助手に命じて、たちまちのうちに熟女奴隷カメリアを、あのトラックの貨物室の中と同じ姿勢に四肢を固定させてしまった。違うのは壁がないこと。だから後ろにいる美貴子の目には豊満な臀部も割り広げられた臀裂の奥のアヌスの襞までもが飛びこんでくる。

マヤが闇の中にいる大佐の方へ向けて報告した。

「カメリアには、十二歳の息子に充分な量の睡眠薬を呑ませて、夜、彼のベッドに行きフェラチオを行なうよう命じました。意識のない息子が射精するまで」

それを聞いた美貴子は眩暈《めまい》さえ覚えた。自分の受けた課題も過酷なものだったが、カメリアのはもっと無慈悲なものだ。

「達成したか?」

厳しい表情で詰問すると、カメリアは蒼白な顔で頷いた。

「本当か?」

「は、はい……ッ」

「嘘をつくな。報告が入っている」

闇の中から男の声が無感動な声で報告した。

「カメリアは確かに昨夜、夫の目を盗んで息子の寝室へ赴き、熟睡している息子の下着を脱がしてフェラチオを行ないました。ただし射精をさせるには到らず、三十分後に寝室に戻っています」

「なぜだ？」

マヤに詰問されてカメリアの全身がすくみあがっている。

「あの、息子が目を覚ましそうだったので……。そんな気がしたので……。でも、どうして……？」

それは美貴子も抱いた疑問だった。カメリアの家の息子の寝室の中で何が行なわれたか、どうして戦士団は知ったのだろうか？　マヤは勝ち誇ったように言葉を吐いた。

「言っただろう？　我々はどんな所にでも入って行き、監視できると。私が命じた課題を達成できなかったとは残念だったな、カメリア。命令に違反した報いは、二十回の鞭打ちだ！」

舞台がゆっくりと回転しはじめた。

マヤは哀れな熟女人妻、そして十二歳の息子の母親でもあるカメリアの前から乳房と腹部と腿を、後ろに回って背と臀部を二十回、房鞭で叩きのめした。

「ぎゃー！　ひーっ！　あああおッ！」

闇の中に浮かぶ白い裸身が跳ね躍った。無防備の秘部にまで鞭が唸り、二十回目の打撃をそのど真ん中に受けたカメリアは、尿をしぶかせてひとしきり痙攣したかと思うと、ガックリとうなだれた。失神したのだ。

「次はパール！」

気絶したカメリアが連れ去られると、ガタガタ震える美少女が二人の助手の手でカメリアと同様に吊られて固定された。淡い秘毛に囲まれたピンク色の花弁までがぞんぶんに視姦されてゆく。

華奢で可憐な裸身に鳥肌が立ち、羞恥と屈辱に嗚咽する少女の声だけが聞こえる。

「泣くんじゃない、おま×こをベトベトに濡らしておいてから！」

台の上からマヤは大佐の方角に向いて報告した。

「パールには学校の行き帰りにパンティを着用せずに満員電車に乗るよう命じました。ちゃんと言うとおりにしたか？」

「はい……っ」

蚊の鳴くような声で啜り泣きながら答える美少女。マヤは再び観客席を向いて報告を求めた。別な声が闇の中から応じた。

「一昨日、井の頭線吉祥寺駅から乗車した時、セーラー服の下は確かにノーパン、ノーブラでした。ナマ足ですので確認は容易でした」

男たちの間から笑いが起きた。パールはさらに激しく泣きじゃくった。報告が続く。

「車内では少なくとも三人の痴漢が接触しました。パールはほとんど無抵抗でした。というか最後は自ら脚を広げて腰を前後に動かしていました」

男たちの嘲笑はさらに高まる。汚辱にうちのめされたパールはもう半分失神したような状態だ。

「渋谷からの帰途は五人の痴漢が取り巻きました。そのうち二人は彼女の臀部に射精したように見えましたね。パールは一人の股間に手をやってそいつも射精させてやりました。パール自身は少なくとも三回はイカされたはずです」

明らかに尾行者は痴漢を装って接触して、その一部始終を観察したのだ。

満員電車の中で飢えた狼のような痴漢たちに取り巻かれ、ノーブラ、ノーパンの制服の下に彼らの手が潜りこみ、瑞々《みずみず》しい肌を撫で回すのを想像して、美貴子はその屈辱と羞恥を察して体が震えた。

どんなに嫌悪を抱いても抵抗することは許されないのだ。そのうちに体が自然に反応してしまい、自分から望んでもいないオルガスムスを与えられた少女の悔しさは、同性であれば痛いほど理解できる。

マヤは満足そうに頷いた。

「よしよし。パールの課題はそんなに難しくはなかったが、それでもよくこなしたと言えよう。懲罰はない。褒賞をあげよう」

両手吊りにされた全裸の美少女に向かい合って立つと、美貌の調教官は泣きぬれた頬のパールの顎に手をやり、上向きにすると、その桃色の唇に自分の唇を重ねた。

「…………」

明らかに大量の唾液を呑まされて、パールの喉がコクコクと蠢《うごめ》いた。

「…………」

背後から濃艶な女同士のディープキスを眺めていた美貴子は、マヤが片手を前から秘部へと、もう一方の手を臀部に回すのを見た。

自分の股を少女の腰に押しつけるようにして、唇を離したマヤは、ずっと年下の少女の秘部とアヌスを同時に指でいじりはじめた。

「あっ、いやっ、あっ、ゆ、許して……」

少女は狼狽した声で請願したが、もちろん認められるわけがない。溢れる蜜を会陰部からアヌスへ導き、マヤの人さし指がズブズブと菊襞の中心に押しこめられてゆく。

「あっ、あっ、ああー……」

最初は悲鳴だったのが、やがて喘ぎ声になり呻き声になり、快楽の色が濃厚になってゆく。裸身のくねり方もエロティックだ。グチョグチョという淫らな摩擦音が前後の粘膜から発散されて、美少女は寸時、自分が大勢の観客の前で辱められていることを忘れた。

「ああっ、あーっ、ああああ！」

鳥の啼《な》くような甲高い声をはりあげたかと思うと、ブルブルと全身をうち震わせ、ついで背から手足の爪先までピーンと伸ばすようにして、汗まみれの裸身が反り返ったのは数分後だった。

「ふふふ、毎日オナニーをしてるらしく、よく感じるようになったこと。お尻も訓練の成果でよく締まるし」

正気に戻って、またワッと泣きじゃくる裸の女子高生は、助手たちの手で舞台から引きずりおろされていった。

美貌のサディスティンはゆっくりと最後の女奴隷――美貴子を振り向いた。

「さっ、ルビーの番だ」

恐怖に震えおののく若い娘が拷問のため架刑台に吊るされた。

「ホーッ」

観客席を溜め息が流れる。

熟れきったカメリア、成熟寸前の固さを残すパールに比して、ルビーという女奴隷は完全無欠に見えたからだ。

肉はよく引き締まり肌は艶やかで一点のシミもない。艶のある秘毛は柔らかそうに密生して、その奥の秘唇は色素もさほど濃くなく、奥のピンク色の粘膜は濡れきらめいて薄白い愛液をトロトロと滴らせている。

すべての部分が匂うような、娘ざかりの官能美だ。この中に誘拐チームの戦士がいたら、わずかふた月前に自分たちがさらってきて犯した、あのどこかあか抜けないＯＬと同一人かと驚嘆したに違いない。

マヤは手にした房鞭をビシッとＰＶＣのブーツに叩きつけて言った。

「さて、Ａクラス奴隷のルビーには、二つの課題を出しました。一つは同居している大学生の弟と一緒の時はずっとスカートを穿き、その下はノーパン、ノーブラでいること。そして昨夜の三時、弟の部屋のドアの前で、すっぱだかになってオナニーするよう命じてあります。キュウリかナスを使って前と後ろの穴を同時に可愛がりながらね。さて……」

恐怖と羞恥で全身を鳥肌にした若い娘の肌をいやらしく撫で回しながら調教官は監視報告

を求めた。闇の中から聞き覚えのない男の声が響く。

「ルビーは午前三時に目覚め、キッチンに行き二本のキュウリを取り出し、弟の部屋のドアの前まで行きました。しかし……ネグリジェは羽織ったままでした。オナニーは命令どおり二穴責めでイキましたが」

マヤは右手で美貴子の顎を挟むようにしてグイと持ち上げた。

「ルビー。なぜ命令に背いたの？　私は真っ裸になれと命じたはずよ！」

マヤの目は獲物を追い詰めた猛獣のそれのようにギラギラと輝いていた。美貴子は気が遠くなった――。

第七章　輪　姦

【共有奴隷】

適格と認められた奴隷は、その日から一年間、戦士団の共有奴隷として義務を果たさねばならない。

共有奴隷の期間が終了した時は、自発的な継続志願がない場合、原則として解放される。

その場合、戦士団に関するすべての情報を他に洩らさないことを宣誓しなければならない。解放後であれ、守秘義務に違反した奴隷は処罰される。

《黒き欲望の戦士団・総則第三十五条》

(いったい、どうして⁉　どうして私の昨夜の行動が、ハッキリとわかるの⁉)

失神しそうな恐怖に圧倒されながらも、美貴子の思考は当然の疑惑につきあたる。

真夜中の三時、アパートのダイニングキッチンで行なった孤独なオナニーショーの詳細が、彼らには筒抜けなのだ。

(隠しカメラか何かがセットされているのかしら……？)

そうとしか考えられない。だとすれば、この組織の行動力はさらに美貴子の想像を絶している。しかし、いつ、誰が、彼女のアパートにそんなものを設置できたのだろうか？

「あ、あの……弟にそんな姿を見られるのは死ぬほど恥ずかしかったからです。どうかお許しくださいッ。今度は必ずご命令に従いますので……」

美貴子は必死になって哀願した。マヤが電話してきた時、背後で絶叫していた女奴隷はクリトリスに針を打たれて、その一端を火で炙られていた。

(そんな罰を与えられたら死んでしまう！)

恐怖のあまり貧血を起こしたらしく、美貴子は目の前が冥くなった。

「ふふ、そんなに罰が怖いなら、命令どおりに行動することね」

マヤの冴えわたった美貌は、恐怖で顔を引きつらせ、すくみあがっている美しい全裸の娘の姿態をねめまわして、舌なめずりするようだ。

「まぁ、今夜はこれからセリにかける身でもあることだし、クリトリスに針をぶちこむのは勘弁してあげよう。そのかわり、しっかり罰は受けてもらうわよ。私の鞭で極楽にイクまでね。とりあえず後ろから二十回、前から二十回ね」

真っ赤なＰＶＣのオールインワンに身を包んだサディスティンは、ストッキングブーツの踵《かかと》を甲高く鳴らしながら、恐怖心から早くも泣きじゃくり始めた美貴子の背後に回りこんだ。

その前に鞭打たれた熟女奴隷のカメリアは、前と後ろで二十回の鞭打ちを受けて、最後は尿を漏らして失神した。なのにルビーはその倍の鞭を受けるのだという。回り舞台の周囲に陣取る黒マントの男たちから昂奮のどよめきが湧き起こった。

「覚悟はいい？　いくよ！」

女豹のようにしなやかでかつ精悍そうな肉体を覆った赤いＰＶＣに合わせた赤い革の房鞭を振り上げると、マヤは流れるような筋肉の動きを見せた。

シュッ。

九木の細革が男たちの昂った肉体から発散する熱気で満ちた密室の空気を引き裂いた。

パシーッ！

皮膚を叩きのめす残酷な音。

「あーっ！」

ギュンと裸身をのけぞらせた美貴子の口から悲痛な絶叫が迸った。

白い背中にクッキリと何条もの打痕がサッと走るように浮き上がる。舞台がゆっくりと回転して、すべての観客が哀れな受刑者のすべての部分、割り裂かれた股間の奥までを視姦することが可能になる。

「おお、おおっ……うっ」

打たれた直後の衝撃を伴う苦痛のあとに、肌から肉へと浸透してゆく灼けるような苦痛が津波のように若い柔肉の隅々まで伝播《でんぱ》してゆくのが、観客の戦士たちにも感じとれた。

マヤの鞭は巧みだった。

一定のリズムで打つかと思わせて一拍の間をあけて、美貴子の緊張が緩んだ一瞬に鞭が九匹の細い蛇となって白い肌を襲う。かと思えば残酷な打撃のあとには愛撫するかにも似た柔和な打擲《ちょうちゃく》が続いて、次にすさまじい絶叫を喉奥から噴出させる凄絶な打撃が襲う。

その鞭はまるで、女体からある種の凄艶な美を引き出そうとする試みではないかと錯覚するほどだった。

「ぎゃー！」

「ひーっ！」

「あうっ。うーっ！」

「おおー！」

鞭が柔肌をうちのめすたびに美貴子は絶叫し号泣《ごうきゅう》し、時には嗚咽で喉を詰まらせる。

黒髪が宙を舞い、衝撃ごとに汗が強いライトのビームの中でキラキラ輝きながらパアッと飛散する。若い娘の体を宙吊りにするようにしている拘束台の鎖がきしみ、脂汗にまみれた鉄棒も揺れる。

「けっこうしぶといじゃないの。では、前の方はどうかな？」

背後から背中、臀部、腿の後ろへと二十回の鞭打ちを浴びせたマヤは、今度は美貴子の前へと回った。

「お許しを……。ああ、それだけは」

乳房と腹部と腿の前面。女体で一番敏感な攻撃に弱い部分に鞭を受けるのだ。もちろん両足はいっぱいに割り広げられているから、マヤはその気になれば、女奴隷の秘部をモロに打ちすえることも可能だ。

美貴子の必死の懇請も空《むな》しく、冷酷な調教官はまた房鞭を持った腕を振り上げた――。

「ぎゃーっ。ぎゃあああー」

残忍な鞭音と同時に若い娘の喉から絞り出された絶叫が大広間のコンクリートむき出しの壁に響き渡った。

美貴子は右の乳房を打ちのめされたのだ。見事な半球がブルンブルンとうち震え、女の弱点にすさまじい攻撃を受けた娘の肉体は、しばらくの間、吊るされた裸身を跳ね躍らせて、苦悶する声が長く尾をひいた。

男たちは誰もが息を呑んで残酷な淫靡な鞭打ちショーを凝視している。

「ふふ、本当に打ちごたえのある体だこと。ルビー、おまえは一級品の奴隷だよ」

マヤはそんな言葉をかけて、少しの間、ワナワナと震えおののき、嗚咽する女体を楽しそうに眺めている。それは彫刻家が半分だけ完成した自分の作品の出来ばえを確かめるような目つきと態度だ。

やがてまた鞭が唸った。狙いは左の乳房。

バッシーン！

「ぎゃー、あああ、うっ、うんうーン！」

絶叫は前のよりも盛大に噴出し、飛び散った汗は男たちのマントの上にふり注いだ。

ビシーッ！

今度はほとんど間をおかず右の乳房に。

「ギェーッ、エッ！」

喉の奥から何かが詰まったような声。悲鳴もしゃがれてしまっている。

——左右の乳房に四発ずつ、合計八発を浴びせて美貴子を悶絶させたマヤは、次いで腹部に四発を浴びせ、さらに左右の腿に三発ずつを食らわせた。

いまや三十八発の鞭を浴びた美貴子の白い肌は、前も後ろも無残なありさまだった。

打たれた部分は赤く腫《は》れあがり、打痕が交錯した部分は赤から赤紫色になって、ところどころは血をにじませたミミズ腫れになっている。赤く染まった部分とそうでない白い肌の部分——そこもピンク色に上気してきているのだが——の対比が、凄艶なエロティシズムを作り出している。その美しさを見れば、鞭打ちを忌避するどんな温和な気質の男たちでも、自分の手で白い肌をそうやって染めてゆきたい衝動を覚えるに違いない。

「私の鞭によく耐えたわね。それでは最後にご褒美をくれてやる！」

マヤは大声で叫び、もはや息も絶え絶えという哀れな受刑者の裸身——その大きく割り裂かれて黒い艶やかな秘毛で覆われた丘めがけて的確に狙いをつけた鞭を唸らせた。

ビシーッ。

「……イーッ！」

あまりにも激しい衝撃と苦痛で、その瞬間の美貴子の口からは悲鳴も出なかった。

ガクガクッと裸身に痙攣が走り、
ジョーッ。

一瞬、ほとんど真下に透明な液体が飛沫をあげて迸った。苦悶のあまりの尿失禁を眼前にして、男たちは「ホーッ」といっせいに溜め息をついた。

「どうした、ルビー。まだ一発残っているんだよ。そんなにジョボジョボお洩らしして……。締まりの悪い子だこと」

マヤは高らかに笑い、ヒュッヒュッと鞭に素振りをくれる。もう立っていられない美貴子の体はぐにゃりと前のめりになって、その目は焦点を失っている。

明らかに一発ごとの鞭を心から楽しんでいたマヤは、最後の秘部への鞭打ちへ向けて、他の部位への苦痛を徐々に高めていったようだ。それは緻密に計算された作業で、闘牛士がしだいに牛を弱らせてゆき、最後にとどめの剣を急所に打ちこんでその一撃で倒すのにも似ていた。

「では、心おきなくイキなさい」

マヤの体が弓弦《ゆづる》のようにしなったかと思うと、体重を見事に乗せたするどい打撃がモロに美貴子の股間の亀裂を襲った。

バシーン！

「ぐ……！」

美貴子はもう悲鳴すらあげなかった。

踏みつぶされた蛙の発するような音が気道から噴出したかと思うと、全身がガクガクとうち震え、またジャーッと尿をしぶかせたかと思うと、ガクンと頭を垂れて失神した。

誰もがあまりにも凄絶な鞭打ちを目の前にして言葉を失っていた。

「イキました」

全身をダランとさせながら、それでもなお下腹部から四肢の末端へかけてヒクヒクという痙攣をみせている全裸の娘の黒髪を鷲摑みにすると、マヤは回転する舞台の上で、あたかも敵将の首を奪ったアマゾネス——女戦士のように勝ち誇ってグイと持ち上げてみせた。白目を剝いた美貴子の表情は、苦悶の末の受刑者のそれではなかった。

明らかに歓喜のあまりに失神した女のような、笑みに似た惚けた表情を浮かべて、唇の端からは唾液が滴っている。

「ホーッ」

またひとわたり吐息とどよめきが男たちの輪から湧き起こった。

苦痛の極限での歓喜を与えるのは、サディストたちにとってもなかなかできることではない。調教官マヤは四十発の鞭の最後の一発でルビー＝美貴子にとどめを刺してみせたのだ。

「見事だ。調教官」

聞こえてきたのは、あの大佐という男の声だった。

「恐縮です」

マヤは一礼してから、観客に告げた。

「では、この三人について二回目のセリを行なう前の下見会です。三十分お待ち下さい」

半分意識を失った美貴子は、黒マントの男二人に抱えられて、別の部屋へと連れてゆかれた。

ホテルの客室程度の広さで、病院を思わせるベッドが一つだけ。付属したバスルームがある。ただし壁はあいかわらずコンクリートがむき出しで窓もなく、床だけに分厚い絨毯が敷き詰められている。

部屋の中には黒いランジェリー——ブラ、スキャンティ、ガーターベルトに黒いストッキング——に身を包んだ、美貴子と同じ年頃の娘が待っていて、彼女をバスルームへと導いた。

ぼーっとしている間に汚れた全身はきれいに拭い清められて、薄く化粧も施され、淡いピンク色のレースのキャミソールを着せられてベッドの白いシーツの上に横たえられていた。

もはや手枷も足枷もされてはいない。残酷な鞭痕もほとんどキャミソールに隠されてしまった。

「…………」

黒いランジェリーの娘はひと言も口をきかないまま姿を消した。

(あの子も、私と同じ奴隷なのね……)

美貴子は彼女の瞳の中に同情と羨望と嫉妬の入り交じった複雑な感情を認めた。

しかし、なぜこの部屋へ連れてこられたのか、美貴子はまだ理解できていなかった。

すると天井から声が降ってきた。マヤの声である。見上げるとスピーカーが取りつけてあるのだ。

「ルビー。これから何人かの戦士がおまえの部屋に行かれる。みなさん、おまえに関心をお持ちなのだ。おまえを試してみて具合がよければセリに参加しようというわけ。どなたにも誠心誠意ご奉仕するように。相手によって手を抜いたりするようなら、さっきどころではない厳罰が待っている。最初にいらっしゃる戦士は〝犀《さい》〟よ。では失礼のないように……」

美貴子が呆然としていると、ドアが開いて黒マントの戦士が入ってきた。

「…………!」

あわててベッドから飛び下り、床に脚を開いて両膝をつくようにする。両手は首の後ろで組み、胸と腰を前に突き出す。命令を待つ待機のポーズだ。マヤと鷹による一カ月の調教で、ほとんど条件反射となってしまった行動だ。

戦士はプラスチック製の犀の仮面をかぶっていた。黒マントを脱ぎ捨てると、やや肥満した肉体は四十代の男性と思えた。

「ルビー。おまえの受けた調教の結果を試してやる。まず口からだ」

全裸になった男はベッドの縁に腰をおろして脚を広げた。そこにはやや萎えた器官。

「はい。失礼します……」

美貴子は犀の股間にひざまずいてうやうやしく彼の欲望器官を捧げもった。そうっと唇を触れて舌で亀頭を優しく撫でまわす。手は肉茎の根元を揉み、もう一方の掌で睾丸を包む。

「む……」

やがて温かい唾液がたっぷりの口腔にペニスを包みこまれた犀は、低く呻き、思わず女奴隷の頭を両手で押さえつけた。唇が肉茎を締めつけ、口腔全体が吸いこみ、舌が絡みつき舐めまわす。

「ふむ、なかなか鍛えられたな。ではベッドにあがれ。おま×こを試す」

「はい」

「よつん這いだ」

「はい」

白いシーツの上に薄いピンク色のキャミソール一枚の娘が犬のように這う姿勢をとった。キャミソールの裾からむき出しになった、丸いプリプリした臀丘は、まだ痛々しく腫れあがっている。

「しかし、いいケツだ。どれ……」

扉はその水蜜桃を思わせる双つの肉球に魅せられた。誘われたようにビシビシと平手で打ちのめし始めた。

「あっ、あっ、あぁっ……」

腰をくねらせ、熱い呻きを洩らして苦痛を耐える女奴隷。その肌が艶めかしい匂いを放ちはじめた。薄白い液がきれいに洗い清められたはずの秘裂から溢れ出て内腿を濡らす。

「はは、濡れやすいマゾ奴隷だな。こういうのも珍しい。うむ……」

美貴子の背後に膝をついてがっしりと腰を押さえつけて、緊張しきった赤黒い肉茎を突き出してきた。

ずぶ。

濡れ濡れの桃色粘膜を押し分けて肉の槍が柔襞の通路をあっけなく侵略した。それを迎えて収縮する襞肉。

「おおー……あうっ、はあーっ」

美貴子は目を閉じ、恍惚とした吐息を洩らした。待ちかねた薬物の注射を受ける中毒患者にも似た態度で。違うのは、たちまちのうちに狂乱の反応を示すことだ。

「くらえ」

　ぐいぐいと荒腰を使い、俗に〝やすりがけ〟と言われるふうに女体凌辱の器官を用いる男は、しばし感嘆の声を放った。

「おっ、これは……。うっううむ。むむむ……！　こんなに締めつけてくる女はなかなかいない。評判にたがわぬ名器だな、ルビー」

　ふいにズボと引き抜く。

「いやっ、ご主人さま……。お願いです」

　また嵌めてくれるよう願う女奴隷に、薄ら笑いを浮かべて、腰を落とすように命令する犀だ。

「あわてるな。今度はケツの穴を試すのだ」

　ベッドサイドの小机に置かれたコンドームの包みを一つ取り、すばやく装着する。戦士団はアナル・セックスのみコンドーム装着が厳格なルールになっている。ついでワセリンをまずたっぷりと肛門に、それから指をぐいぐいとねじこんで直腸まで塗りたくった。

「ふむ、見た目はほとんどふつうのアヌスだが……」

　入念にアヌスと直腸の健康状態を指でさぐってから、犀は俯せになっている女奴隷に臀部をわずかに持ち上げるように命令した。

「高くあげる必要はない。そうだ、それぐらいでいい。脚も少し広げるだけでいい。いいか、いくぞ」

怒張しきった器官がぐいと菊襞の中心に押しつけられて、排泄のための肉孔はいっぱいに押し広げられた。

「うっ」

「むー、むっ」

美貴子の両手がシーツを鷲掴みにする。

苦悶の刻《とき》は短かった。犀の肉茎はめりめりと強引な侵入をなし遂げてついに根元まで嵌入《かんにゅう》してしまった。

「おお、はうーっ」

さほど困難なく挿入できたことに、犀は感心した。

「締まりはいい。さすがマヤだな。よく躾《しつ》けてある。ううむ、これは膣よりも具合がいいような……。おう、うむ、うむむむ……」

犀は唸り、やがて吠え、激しく腰を使いだした。美貴子はさらにきつくシーツを掴んだ。

肛門を犯される女奴隷は、さほど自分でできることはない。主人が引き抜く時に意識的に締めつけるぐらいだ。あとは苦悶の声をあげること。それが直腸を犯す牡のサディスティックな昂奮を高める。

「う、うむ、むうっ、おうわわーっ！」

犀はグンと強く腰を叩きつけるようにして反り返った。ビビッと射精するのが腸壁を通して子宮まで伝わる。

「ああー、ご主人さまぁーっ！」

美貴子は叫んだ。そうすることによって凌辱者は女体を倒錯したやり方で征服した満足感を味わう。

「ご苦労だった。ぜひおまえをセリ落としたいものだ」

バスルームで美貴子に洗い清めさせながら犀はそう言ったものだ。

犀を送りだし、自分の体を清めてからキャミソールを再び纏うと、二人目の黒マントの戦士が入ってきた。今度の男はもっと肥満体で、陰毛に白いものが目立つ。五十代半ばというところか。

（これは輪姦だわ……）

美貴子は戦慄した。いったい何人の男たちが彼女を犯しに来るのだろうか。

「…………！」

美貴子はまた待機のポーズをとった。マントを脱ぐと、彼の仮面は河馬だった。

河馬のあとがゴリラ、ゴリラのあとが虎、虎のあとが狒々《ひひ》、狒々のあとが……。

美貴子は男たちに次々に体の三つの穴を試されて、やがて何度もイッた。


その男は、八人目だった。

鷲の仮面をかぶっていた。

彼がドアを開けると、キャミソールを纏ったルビーが、のろのろと奴隷のポーズをとるところだった。七人の戦士たちの相手をして何度もイカされて、もう肉体も精神も疲労の極にあるのが一目瞭然だった。

目はとろんとして焦点が合わず、体はぐらぐらしている。口がパカッとバカのように開いているのは、繰り返して強要されたフェラチオによって顎の筋肉が疲労しきっているせいだ。

「…………」

マントを脱ぎ捨て、鷲の仮面だけになった戦士は、ようやくのことで待機のポーズをとっている女奴隷の前に仁王立ちになった。

その怒張した器官は、これまでの誰よりも逞しく、凛々しかった。

「…………」

ルビーはしばらくの間、それをマジマジと見つめた。これまでの戦士は皆、中年の域にさしかかった男たちだった。しかし鷲の仮面をしたこの戦士は若い。二十代の、それも前半だ。

従順に目の前に押しつけられたものを両手で捧げもつようにして、すぐにはそれを含まずに、亀頭から茎の胴体を根元まで舌を這わせる。今までの男たちと違う、その硬さ、その熱を楽しんでいるようだ。疲労の極限に達した女奴隷の体からは不思議なエロティシズムが発散して、若者を酔わせた。

「…………」

彼はひと言も声を発することなく、ルビーの肩を押してベッドに上らせた。

なぜ彼が、他の戦士のように声を出して命令を与えないのか、美しい女奴隷には、それを不思議に思う思考力さえ残っていなかった。

ベッドの上でもう一度、自分の器官をしゃぶらせてから、ルビーをよつん這いにさせ、雄々しくそそり立つそれを、何人もの男たちが抉《えぐ》り抜いた部分にあてがう。そこはめくりかえったようになっていて、入口も弛緩して腫れあがったようになっている粘膜が痛々しい。犯されるたびに洗っているせいか、愛液の溢出はほとんどみられない。

鷲の仮面をつけた若者は、いきなりルビーの体を突き放した。

壁の鉤にはマヤが用いたような房鞭がぶら下がっていた。それの柄を握り締めると、ベッドの上でボーッとしている女奴隷に向かい指先で仰向けになるよう指示した。

「ああー……」

ようやく恐怖の表情が浮かんだ。

ルビーはキャミソールを脱いで真っ裸になった。

鞭が唸った。

「ひーっ！」

残酷な鞭打ちだった。

仰向けになった乳房と腹部を何度か叩きのめす残酷な音が連続して、それに悲鳴が交錯した。

バシッ。バシッ。

「ひーっ、うあっ。アアーッ！」

やがて若者は鞭を投げ捨てた。

膣口からは透明に近い液が溢れていた。若者は怒張した器官をおもむろに膣口へとあてがい、無慈悲に貫いた。

若者の体重がかかってきた時、ルビーは目を閉じて顔をのけぞらせた。唇が半ば開いて、

「むー、うっうう一……」

呻き声があがる。

鷲はゆっくり腰を動かした。

「ああ、うっ、うあー……」

粘膜が特殊な金属でできたかのような欲望器官を迎え入れて締めつける。

「はうっ」

「ああー」

今度は若者が熱い呻きを洩らした。

彼は性急に動いたかと思うと、急に動きを止めて襞肉の収縮を楽しむようにする。

「あう」

「ううっ」

「むー……」

いつの間にかルビーは両手で鷲の体にしがみついていた。

二人の律動が一致し始めた。

ベッドのスプリングがギシギシと軋む。

ルビーの体が桃色に上気して、鷲の頬にすりつけている頬が燃えるように熱い。

ふいに鷲の体がのけぞった。

「あうっ」

若々しく引き締まった褐色の肉体がバネのような弾力をみせて荒々しく痙攣した。

若い欲望の源泉を美しい牡の肉体の奥へと送りこむ痙攣だ。

ドクッ、ドクッ、ドクッ。

吐き出されるそれを待ちきれないようにギューッと締めつける襞肉。

「アアーッ」

粘りの強い白濁した牡のエキスを受け入れている最中にルビーはオルガスムスを味わって、鷲の体にしがみついたまま絶叫した。

鷲の音中にルビーの爪が食いこむ。

「いやっ、ああっ、あーっ。死ぬう」

あられもないよがり声を放ちながら、牡のすべてを貪欲に受け入れるかのように彼の腰を自分の脚で挟みつけ、下腹を何度も激しく突き上げた。

「あー、うう……ン」

「うむ、むうっ」

二人は荒々しく唸り、吠えた。ふいにルビーが顔を斜めにして鷲の唇に吸いついた。斜めにしたのは、そうでないと仮面の鷲の嘴が突き出ているので、邪魔になるからだ。

「うっ」

若い娘の舌が鷲のに絡みつき、強く吸う。まるで精液だけでは足りずに口からも彼の精気を吸いこもうとするかのようだ。

ついに最後の一滴まで精液は絞り尽くされた。ルビーは意識していないのに、子宮が本能的に収縮して、肉の奥深くにくわえこんだ鷲の男根を締めつけるのだ。

「……はあはあ」

「……ふうふう」

二人の若い牡と牝は抱き合ったまましばらく動かなかった。

鷲がようやく正気に戻ると、ルビーは昏睡していた。疲労の極点で味わった激烈なオルガスムスのせいだ。

「…………」

彼が体を離した時、ドアを開けてマヤが入ってきた。

「同志・鷲。ご苦労さま。あとは私たちが面倒をみますので」

ノロノロとマントを身に着けた若者は、ぐったりと伸びているルビーの裸身をいたわるように眺めた。

「ありがとう」

「さっき打ち合わせたとおり、ルビーにはカプセルを持たせます」

「頼みます」

若者は頷き、部屋を出ていった——。

第八章　笞　刑

【奴隷の外部持ち出し】

共有奴隷は原則として戦士団に所属する戦士以外の使用を認めない。

ただ、提供者、戦士団司令部の許可を得た場合は、この限りではない。

その際、持ち出し責任者は秘密厳守に最善を尽くすよう努める義務がある。もし秘密の漏洩が起きた時は、持ち出し責任者は処罰される。

《黒き欲望の戦士団・総則第三十六条の二》

八人の戦士による競売前のルビー――美貴子の〝味見〟が終わった。

彼らは女奴隷の口、膣、肛門を犯し、その性能を味わったのだ。つまり輪姦だ。

八人による続けざまの凌辱、特に最後の戦士によって味わわされた凄絶なオルガスムスによって、美貴子はしばらくの間、完全な虚脱状態に陥った。口をポカンと開けて、何も見えず、何も聞こえないといった無感覚の状態である。

ようやく意識が戻ってくると、調教官マヤが助手に命じて彼女の身を清めさせ、化粧をさせ、肌がすっかり透けて見える淡いピンク色のキャミソールとパンティを着けさせた。

再び後ろ手錠をかけられ、首輪に鎖がつけられた。

「さっ、セリが始まるよ」

マヤがドアを開けて促し、助手に追いたてられて廊下に出ると、両隣のドアからも熟女奴隷カメリア、少女奴隷のパールが引き出されるところだった。

彼女たちも同じように化粧を直され、キャミソールにパンティという恰好。ただ下着の色だけは違う。

カメリアが黒、パールが白。

カメリアは味見によるダメージはさほどでもなかったようだが、パールの方は美貴子以上に激しい心理的衝撃を受けたようで、まだそれから回復していないのは明らかだった。

激しく泣いたのだろう、目のまわりは腫れ上がり、隈《くま》になっている。

（かわいそう……！）

美貴子はそんな少女の姿を見て、激しく胸を締めつけられた。自分以上に性的な体験に乏しかった女子高生が、獣性をむき出しにした男たちにさんざん凄辱されたのだ。理性がバラバラになっても不思議ではない。

(私たちは、どうしてこんなひどい目にあわされるのかしら?)

美貴子の心のうちで、理不尽な怒りがメラメラと燃え上がった。

「歩け!」

マヤが命令して助手の手にした乗馬鞭が先頭のカメリアの臀部をうち叩いた。三人の女奴隷は廊下を歩かされ、再び大広間へと向かった。

再び最初のように円形のステージに載せられて、三人とも周囲の戦士たちへ向かい、待機のポーズ――股を開いた姿勢で膝で立ち、両手は頭の後ろで組む――をとらされた。

凄絶な輪姦の儀式を経てきた女たちの姿は一種、神秘的なエロティシズムをオーラのように発散させて、見るものを沈黙させる雰囲気が奴隷競売場に満ちた。

真っ赤なPVCのオールインワンに身を包んだマヤが、闇の中に潜み通りかかる獲物を待ち伏せしているようにも見える戦士たちに向かって告げた。

「では、カメリア、パール、ルビーの順に競売を行ないます」

競売の手順そのものは、美貴子がひと月前に鷹にセリ落とされた時と同じだ。

カメリアは六十万円の値がついた。熟女奴隷としては破格の値らしく、驚嘆の声が渦巻いた。セリ落としたのは犀。

パールは八十五万円で貘《ばく》が落札した。

そしてルビー。

百二十万円までセリ上げられて二人が残った。龍と豹。

「同志・龍、共同使用を提案する」

豹が発言した。

「応じよう」と龍が答えた。

マヤが司令官である大佐の顔を窺う。

「内規では提供者の同意が必要だ。共同使用は女奴隷のダメージが大きい」

「では、提供者、同志・鷲の意向を」

マヤが男たちの背後にひっそりと座っていた戦士に向かって訊いた。スポットライトを浴びているルビーの目には、その部分はまったくの闇で、しかもフードをすっぽりかぶっている戦士は顔が見えない。おそらく同意のしぐさをしたのだろう。

「同志・鷲は了承しました。ルビーは龍と豹が百二十万円で落札。分担比率は両者で話し合って明日じゅうに支払いを。では、公開調教を終わります！」

マヤの声が響きわたった。女奴隷たちは黒い布で目隠しをされ、外へ連れだされた。

「ルビー。おまえはこれから一カ月、二人のご主人さまを持つことになる。龍同志、豹同志だ。呼出しがあればすぐ応えるように。今夜は帰ってよい。それからこれを……」

マヤが数粒のカプセルの入ったガラス製の小瓶を掌に転がしてみせた。

「これをおまえのバッグに入れておく。これが何か、何のために使うかは後ほど私が電話で説明する。その時は指示どおりにこれを使いなさい」

マヤは女奴隷を中尉へと引き渡した。

奴隷連行用のパネルバンに乗せられたのは彼女一人だった。カメリアもパールも、すぐさま新しい主人に引き立てられていったのだろう。

薄いキャミソールにパンティのまま、連れてこられた時のように貨物室の壁に磔にされた。揺られているうち、ふいにルビーはセリの最中の出来事を思い出した。

自分をセリ落としたがっていた豹が「共同使用を」と求めた時、大佐は何と言ったか。

(確か……「提供者の同意が必要だ」と)

激しい衝撃が美貴子を襲った。

(私を、この獣たちの組織に提供した人がいるのだ！)

なぜ自分がこの組織に狙われたのか、これまではまったくわからなかった。ただ、駅前の雑踏の中で自分の名前を呼ばれ、会社の名前も確認されてから誘拐されたことがずっと心の中でひっかかっていた。

大佐が率いる〝黒き欲望の戦士団〟は、まったく見ず知らずの女たちを誘拐して女奴隷にしているわけではないことがわかる。

なぜ自分でなければならなかったのか、その理由が今まで理解できなかった。他の女奴隷たちと話し合う機会もなかったから。

大佐の言葉をそのまま解釈すれば、ある人物——誰かはわからないが——が、自分を名指しして戦士団に誘拐させ、調教させ、女奴隷とさせたことになる。

(誰が私を……?)

そこで美貴子は困惑した。

自分の周囲に、そんなことをする男性がいるのだろうか?

考えられるは今勤めている職場——大手商社ブルゴン商事の職場関係ということになるのだが。

(ダメ、わからない……)

医務官のクリニックが自分の勤めているオフィスと近いこともあって、何となくそんな気もして周囲に気を配っていた美貴子だが、これまで自分の周囲にいる男性で、何か気配を感じたような者はいなかった。

　もちろん、周囲に〝提供者〟がいたとしても、彼はそんな態度を微塵も感じさせないように努めて、ただ美貴子がビクビクしているのを観察してほくそ笑んでいるのだろう。

（卑怯だわ……！）

　自分が何者かによって邪悪な組織へ、まるで祭壇に捧げる生贄か何かのように提供された──と考えると、美貴子の心は怒りに震えた。

　と同時に、あることに思いいたって、またショックを受けた。

（私が誰かによって提供されたのなら、あのカメリアやパールも、同じなわけ⁉）

　三十代の熟れきった肉体をもつカメリア、まだ十代の瑞々しい肉体をもつパール。彼女たちを組織へ人身御供《ひとみごくう》として捧げた男がいるのだ。いや、彼女たちだけではない、この組織が擁する女奴隷たちは、すべて、誰かが提供した生贄ということになる。

　男たちがそれぞれに生贄の女たちを捧げ、その女が極限の辱めを受けるのを眺めながら自分もまた他の女たちを辱める──そういった、一種原始共産主義的な共同体を思い浮かべて、美貴子はまた憤怒に身を焦がした。

（私を、泥沼の中に叩き落として体の芯まで穢《けが》しきった男を、私は許さない！）

　目隠しの布の下で、涙が溢れて頰を伝い落ちた。

トラックが停止した。後部の扉が開き、男が乗りこんでくる気配。

「おまえの家の前だ。だが降ろす前におれたちに運送料を払ってもらう」

中尉の声が告げた。

それを聞いても、もう美貴子は驚かなかった。

「おい、軍曹。おまえが先だ」

「はっ」

ハンドルを握っていた中尉の部下が、美貴子を貨物室の壁に磔にしていた縄を解いた。

「脱げ」

目隠しはそのままで、美貴子はキャミソールを脱ぎパンティを脱いだ。

全裸にした女奴隷を床に敷いた毛布の上に正座させた。

軍曹がすばやく全裸になると彼女の前に仁王立ちになって、髪を鷲掴みにし、顔を股間へと誘導する。すでに水平になるまで勃起した器官が鼻に触れた。美貴子はズキズキ脈動している肉茎の根元を両手で捧げもつようにして、口を大きく開いて怒張した熱い肉を頬ばった。

「うー、うっ、むむー」

美貴子のよく仕込まれた舌技が開始されると、運転手をつとめている若い戦士は、たちまち快美の呻きをあげて腰をよじりだした。

「おい、いいだろう。早く出せ」

「はあ」

彼は未練を残しながら女奴隷の口から唾液にまみれた男根を引き抜いた。

「這え」

臀部を叩かれた。全裸の美貴子は肘と膝でしなやかな裸身を支えた。

「……」

中尉と軍曹、二人の男の熱っぽい視線が全身に注がれるのが、目隠しをされていてもわかる。

「ああー……」

吐息をついて美貴子はごく自然に白い臀丘をくねらせた。秘裂から薄白い液が溢れて腿を濡らす。意志とはまったく無関係に、辱められることによって反応する子宮。美貴子はそのように調教されてしまった自分の肉体が恨めしかった。

「いくぞ」

軍曹が最高級女奴隷の腰を抱え、背後から猛り狂ったような欲望器官で貫いてきた。

「あう」

串刺しにされた女体から熱い呻きが洩れ、肌が紅潮してゆく。黒髪が甘い匂いを発しながら揺れる。

「……」

中尉が服を脱いで、やはり全裸になった。彼の器官が、はあはあと喘いでいる美貴子の前に突き出された。

「……うぐ」

それをくわえると、グイと喉まで突き立ててきた。吐き気を堪《こら》えながら舌を絡みつかせて奉仕する。

背後からは「おお」「うう」「すげえ」と唸り声をあげながら突きまくる軍曹。感じてきた美貴子が舌の奉仕をおろそかにすると、中尉が平手打ちをくらわせて叱咤する。

「あああ」

吠えるようなよがり声をあげて、軍曹が若い牡器官から溶岩のような激情を迸らせて美肉を汚した。

「早いな」と嘲笑する中尉。

「はあー……」

「どけ」

美貴子の口から引き抜いた中尉が、照れている軍曹を押し退けて、かわって柔らかい肉を串刺しにしてきた。

「いやっ、ああー、あっ、ううー……」

ズンズンと子宮を突きあげられているうちに快感が沸騰してきて、美貴子は汚れた毛布に爪を立てるようにしてよがり声をあげて悶えた。肘から力が抜けてガクッと上体を伏せてしまうと、やがて中尉の精液がドクドクと流しこまれてきた。

「拭くことはない。口で清めさせろ」

「はあ、そうですね」

再び、萎えてゆく器官をぐったりと伸びて仰臥している女奴隷の口に押しこんでくる軍曹は、美貴子の舌によってまた勃起し始めた。

「やっぱり若さだな。もう一度やるか？」

「いいですか？」

「いいですか、ってそんな状態じゃ運転できないだろう」

「それもそうですね……。今度はケツをやってみたいんですが」

「いいだろう。コンドームは貸してやる。ただし傷をつけるなよ」

「こっからも自分のと中尉のが溢れてますから具合はいいと思います」

美貴子の股の中に膝をついた軍曹は、女奴隷の両足首を持ってぐいとVの字形に割り裂き、あたかもおしめを替える乳幼児のように体を二つ折りにしてしまう。さらに臀部を抱えあげると、アヌスの蕾が真上に向くぐらいになってしまう。

「あう」

さっき以上に怒張しているのではないかと思う凌辱のための器官が排泄のための孔に突き立てられると、悲痛な呻きが美貴子の口からこぼれた。その悲鳴とすすり泣きが男たちの欲望の炎にさらに油を注ぐ。

結局、中尉も軍曹のあとに女奴隷のアヌスを凌辱した。彼の雄器官を直腸に受けたあと、美貴子はほとんど失神したようになった。軍曹がその間、クリトリスをいじりまわしていたため、何度もオルガスムスを味わわされたからだ。

「くそー、この女を一人占めする戦士が羨ましい。おれたち兵士は、こんな形でしか余禄にありつけないのに、戦士は毎日でも味わえるんだからな」

ズボンのベルトを締めながら軍曹が呟くと中尉が軽口を叩いた。

「だったらおまえも誰かを提供しろ。それが認められれば兵士階級からりっぱな戦士階級に昇進だ」

「そんなことを言われても、おれのまわりにはこんなナイスバディのいい女はいないっす」

「このルビーちゃんだって、最初っからいい味してたんじゃない。おれが一番最初に犯ったときは、たいしたことのない、そこらのねえちゃんだった。石も磨けば玉になる。おまえの姉貴とか妹でも、案外、磨けば光るかもしれないぞ」

「そんな……無理ですよ、中尉」

二人の男は美貴子に服を着けさせ、目隠しをとってから路上に降ろした。パネルバンはすばやく去ってゆく。そこは確かに、美貴子のアパートのすぐ近くだった。

弟も留守にすると言っていて、その言葉どおり部屋は無人だった。美貴子はすぐに真っ裸になり、浴室へ飛び込んでシャワーを浴び、さらに湯を張った浴槽に裸身を沈めた。

マヤに仕置きされて受けた強烈な鞭の跡があちこちに残っている肌をさすりながら、美貴子は中尉と軍曹の会話を思い出していた。

それによれば、彼らは兵士階級で、女奴隷の捕獲や連行を行なう実行要員だ。待遇はさほどよくない。

だから中尉は言ったのだ。「おまえも誰かを提供しろ」と。そうすれば戦士になれる。セリで落とす金がなくても、女を提供した戦士は、この組織に仕える女奴隷たちの肉体を楽しめるらしい。

（やっぱり提供者がいて、女を差し出すシステムになっているんだ……）

それが戦士になるための絶対必要条件らしい。中尉と軍曹の軽口めいた会話が、美貴子にかなりの情報をもたらしてくれた。

週明けの月曜日。

職場に直接、電話がかかってきた。冷静で事務的な男の声。

「杉原美貴子――ルビーだな？　私は豹だ。おまえを同志・龍と共同で使用することになったご主人さまだ」

「はい」

周囲を気にしながら低い声で返事をする美貴子の声が震える。

「龍同志とは話し合いがついた。彼はおまえの生理期間にしか興味がない。だから生理がくるまでは、おまえは私の奴隷ということになる。さっそくだが今夜、ホテル・エメラルダス・アンバサダーに来い。レセプション・カウンターで『ルビーですが』と言えば、すべてわかるようになっている」

それだけ告げて電話は切れた。美貴子の都合などは一切無視する態度である。

「ふうっ……」

溜め息をついて、美貴子はアパートに電話をした。弟の雅也に帰宅が遅くなる旨、留守番電話に吹きこんでおく。

自分が大勢の男たちに弄ばれる女奴隷だということを、弟にだけは知られたくないと思う。だからいつもヒヤヒヤしているのだが、雅也は姉の生活態度が変わったこと――週末には家を空けるし、ときどき、夜半に帰宅することなど――を特に気にしない。ボーイフレンドか恋人ができたのだろうと勝手に推測しているようだ。

（それが救いといえば救いだわ……）

以前はあまり外出することのなかった弟だが、彼は彼で、やはり遅く帰宅したり、週末は「コンパがあるから」などと言ってなかなか帰ってこないようになった。偶然にしろ弟の私生活が多忙になったことは姉にとっては都合がいい。

（でも、こんなことを続けていたら、いつかはバレる……）

マヤなどはバレることを期待しているように、深夜、弟の部屋のドアに向かって全裸でオナニーをしろなどと命じたりするのだ。

「ふうっ……」

また吐息が出てくる。今度はどんな恥ずかしいことを命令してくるのだろうか。

――エメラルダス・アンバサダーは名門のシティホテルだ。忘れもしない、最初のセリで美貴子を落札した戦士・鷹はここで彼女を徹底的に調教し尽くした。

（今度も同じホテル……。戦士団はこのホテルと何か関係があるのかしら？）

そんなことを考えながら広い豪華なロビーを歩み、一介のＯＬはおそるおそるレセプション・カウンターに歩みよった。

「あの、ルビーという者なんですが……」

「はい、承っております」

レセプション・クラークは愛想よく、最上階に近いフロアのルームキーを手渡した。

鷹の調教に使われたのと同じクラスの、豪奢なスイートルームだ。

客を迎える仕度の整った部屋は無人で、おずおずと入ると、目についたのは応接テーブルの上に置かれた品々と封筒だった。

赤い革製の頑丈な首輪。金属製の手錠。それに黒いガーターベルトとストッキング。言うまでもなく女奴隷のユニフォーム一式だ。

封筒には殴り書きに近い文字。

　これを読んだらすぐに首輪、ガーターベルト、ストッキングを身に着けて、ドアの前でドアに背を向けて待機のポーズをとれ。そうして自分で手錠をかけろ。その状態で待て。何分待つかは教えることはできない。今から十分後かもしれないし、三時間後かもしれない。動くことは許さない。誰かが入ってきても絶対に振り向くな。命令に違反した罰がどんなものかは、おまえもよく知っているはずだ。

豹
（ということは……やって来るのは豹という戦士ではないわけ？）

首を傾げたが、美貴子はすぐに指示に従って服を脱いだ。

全裸になり首輪を嵌め、ガーターベルトを着けストッキングを穿く。考えた上でパンプスを履き――これまで、いつもその状態で調教されてきたから――金属製の手錠をとりあげた。

自分で外せる仕掛けがついている、玩具の手錠ではない。警官が使うのと同じ、ずっしりと重い本物の手錠だ。一度、それを嵌めてしまうと、鍵がない限り外せないのだということは、美貴子も知っている。

（これを自分で嵌めろというの……？）

屈辱と羞恥で裸身がカーッと熱くなる。

しかし命令に逆らうことは許されない。そのように鞭や蠟燭《ろうそく》、さまざまな暴力で躾けられてきた。ほとんど本能的に美貴子は動いていた。

廊下に出るドアの前に立ち、指示されたとおり入ってくる人間に背と尻を向けるように膝で立った。その姿勢でまず片方の手首に手錠をかける。

ガチャリ。

金属の歯が金属の歯に嚙み合う重々しい音に全身に鳥肌がたつ。これでもう、誰かが外してくれない限り、手錠は彼女の一部分になったのだ。

その状態で奴隷の、待機のポーズをとる。つまり両手を頭の後ろで組み腋窩を露わにする姿勢だ。

（…………）

やはり躊躇《とまど》いがあった。ここでもう一方の手首に金属の環を嵌めてしまったら、どんなことがあってもそのままの恥ずかしい姿でいなければいけない。

（もし火事があったりしたら……）

しかし、命令は常に絶対的なものだ。美貴子は目を閉じるようにしてもう一方の手首に金属の環をかけた。そうやって待機のポーズをとりながら環を嵌めこむ。

ガチャリ。

美しく蠱惑《こわく》的な娘は、パンティさえ許されない恰好で、自分で自分に手錠をかけて密室に幽閉された——。

時間が緩やかに流れた。

室温は適度に調節されて、ストッキングだけの裸でいても寒さを感じない。静かな部屋に自分のドキンドキンという鼓動の音が響きわたるようだ。

（誰が来て、どんな辱めを与えるのかしら……）

待機のポーズをとらされている時、思うのは常にそのことだ。そして、しだいに若い肉体は昂り、体温が上昇し、肌が紅潮し、じっとりと汗ばみ、まだシャワーを浴びていない肉体から強い牝の芳香がたちのぼる。

「はあはあ」

自分でも呼吸が荒くなってゆくのがわかる。秘唇がじっとり潤い、やがてツーと愛液が鼠蹊部から内腿を伝って滴り落ちる感触。

（ああっ、恥ずかしい……！）

入ってきた人間は、ただちにその愛液の溢出を視認するだろう。そうして、美貴子がどれほどマゾ性の強い女かを知る。

（これは違うの。もともとの私じゃない。あいつらに無理やり調教されて、こういうふうになったの。ああ、本当の私は、こんなに淫らな女じゃないのに……）

ギューッと唇を嚙み締めても愛液の溢出はとまらない。さらにトロトロと膣口から溢れてくる。

やがて、ドアごしに廊下を近づいてくる足音。

(アアッ、ご主人さまだ……！)

激しく緊張して待っていると、足音はドアの前を過ぎて遠ざかってゆく。別の部屋の客だったのだ。

「はあはあ」

昂奮のあまり、犬のように舌を出して激しく胸を上下させている美貴子。

(早く、早く来てください、ご主人さまッ)

ついには自分から到来を望む言葉を口に出してしまいそうになる。あさましく揺れるヒップ。くねる臀部。愛液はもう腿を伝わずにまっすぐ股の真下のカーペットに滴り落ちている。

どれほどの時間が過ぎただろうか。

コツコツ。

ふいに足音が近づいた。

(この人かしら？)

もう何度も足音には裏切られた。それでも美貴子はしっかりと待機のポーズをとった。

鍵穴にキーが差しこまれた。

(ああっ、ようやく来られたのだ！)

歓喜が胸中に渦巻く。

ガチャ。

ドアが開いた。廊下の涼しい空気がサアッと入りこんで、背を向けている女奴隷の臀部を撫でた。

「…………」

入ってきた人物——豹だろうか——は、その場でしばらく美貴子の後ろ姿を眺めていた。ぶるぶる震える白い裸身。カーペットを濡らす愛液の滴り。むうっとたちのぼる強い牝の香り。この女奴隷が主人を待ちかねて激しい昂奮状態にあることは、即座に見てとったに違いない。

「…………」

フッと声を出さずに笑った気配がした。

「ああっ」

激しい汚辱感にうちのめされて思わず声を放って泣きだしてしまった美貴子。

背後の人物が動いた。ドアを入ってすぐのところにあるクローゼットを開ける。

何かを取り出す気配。

（靴ベラ……）

瞬時に美貴子は察した。

ここのホテルはどの部屋にも木製の長い柄がついた、先端が金属製の靴ベラが備えつけられている。

靴の底が肩に押しあてられて、美貴子はぐいと押されて上体を前倒しにさせられた。必然的に覆うものが何もない臀部が後ろに突き出される。

ヒュッ。

靴ベラが空気を裂いてふりおろされた。

バシッ！

強烈な笞刑だった。

「アアッ！」

美貴子は悲鳴をあげて裸身をのけぞらせた。

「動くなッ」

鋭い声が背後から笞《むち》以上の威力で浴びせられて、若い娘の裸身は凍りついた。

（ええっ⁉）

美貴子は目をいっぱいにみひらき、背後を振り向きたい衝動を必死に抑えなければならなかった。

いま、自分を靴ベラで叩いた人物は、女の声だった。

第九章　疼　痛

【戦士名】

戦士は、戦士団内部では正体秘匿を目的として戦士名を用いなければならない。

戦士名は禽獣の名称とする。

戦士名を外部に明かしてはならない。違反者は罰せられる。

【仮面】

集会等に際しては、戦士名に即した仮面を着用しなければならない。外部において第三者と接触する時も同様である。

仮面は戦士団司令部が供与し、戦士は厳重に保管しなければいけない。

仮面は持ち主の戦士以外が着用してはならない。ただしゲスト用仮面（男性は虎、女性は猫）はこの限りではない。

《黒き欲望の戦士団・細則第二条第二項》

「ほら、体を前に倒して、もっとケツをあげて！　股を開くんだ！」

　さらに厳しい、女性の声の叱咤が飛んできた。ほとんど条件反射的に服従の動作を行なった美貴子だが、頭の中は完全に混乱しきっていた。

（ど、どうして女の人がここに……!?）

　今日はセリで自分を共同落札した一人、豹の命令で、このホテル・エメラルダス・アンバサダーにやって来た。

（どういうことなの……!?）

　靴ベラのプラスチックの先端が、思いきり広げられた美貴子の内腿と鼠蹊《そけい》部をなぞる。ビクビクッと震える白い裸身。

「ほおー、こんなに濡らして……。よく調教されていると聞いてたけど、ここまで淫乱牝犬にされた女奴隷は珍しい。まったく……」

　嘲笑するような女の声が槍となって美貴子の心をグサリと突き刺す。

「ううっ……」

　そのとおりなのだ。新しい主人からの責めを想像して、美貴子は三十分ほど待つ間に秘唇から失禁したかと思えるほど大量の愛液を溢れさせて、それは内腿を伝って黒いナイロンのストッキングを濡らし、さらに垂直に滴り落ちたそれはカーペットの上にシミを作っている。

自分が間違いなく淫乱なマゾ奴隷であることの証拠を、同性にことさら指摘される屈辱と羞恥が美貴子の全身をサアッと桜の色に染めあげた。

戦士団と呼ばれる組織の中に、これまでも女性がいなかったわけではない。一人は調教官のマヤ、もう一人は医務官の佐奈田玲子。

しかし二人とも戦士ではない。大佐の命令で動く部下だ。彼女たちが奴隷の女主人として振る舞うことは、これまでもなかった。

（このひとは、女性の戦士なの？）

いやらしく濡れた秘唇の内側を靴ベラの先で嬲りたててくるこの女性は、女を責めることが好きな、レズビアンの戦士なのだろうか……？

バシッ！

いきなり強烈な打撃が襲ってきた。

ビシッ、ビシッ、ビシッ！

連続した笞打ち。狙いは的確だ。こういう責めに慣れた人物だ。

「あっ、ひっ、うっ、アアッ！」

広げた膝で立ち、体を前に倒して臀部を背後に突き出していた美貴子は、その臀部に強烈な打擲を受けて、たまらずに前のめりに倒れこんだ。手錠をかけられた両腕は首の後ろで組まれているので、両肘で上半身の体重を支えることになる。

「ふふ、いい泣き声ね。もっと泣きわめくんだよ。ほら」

即席の笞の打撃は情け容赦なくふっくら丸い臀丘を残酷に打ちのめし、みるみるうちに白いなめらかな皮膚を無残な赤い色へと染めあげてゆく。

「あーっ、ああっ！　痛い！　ひーっ、お許しを……ご主人さまッ！」

ほとんど弾力のない柄を持つ笞は、靴ベラの形状のせいもあって、耐えがたい激痛を美貴子に与えた。彼女は泣き叫んで冷酷な女に許しを願った。

「これぐらいで音《ね》をあげる奴隷がどこにいるのッ！」

罵声と同時に強烈な蹴りが臀部を襲い、裸の美貴子は前につんのめった。

「だらしがない。こんな女奴隷は調教のやり直しだね。今夜はとことん責めてやろう」

床に伸びて啜り泣く美しい娘の裸身を眺めおろしながら冷然と言い放った女は、靴ベラを投げ捨てた。

「そのままでいるんだよ」

命じておいて、美貴子の首の後ろで組まれている両手首を繋いだ金属製の手錠の鍵を外した。

「その椅子に向いて正座しなさい」

「…………」

言われたとおりにゴージャスな絨毯の上に膝を揃えて座ると、美貴子の背後で少し何かをしていた女が、ツカツカと彼女の前に歩み出、美貴子の真正面に置かれた、優雅な形の肘掛け椅子にストンと腰をおろした。

初めて女の姿が美貴子の目に映った。


女は仮面をつけていた。

男の戦士たちが使っているものと同じプラスチックを成形した、きわめて精巧で精緻な仮面である。

彼女は猫だった。

黒い猫の仮面が目と頬の大半を隠している。だから容貌はわからないものの、鼻と唇と顎の部分だけを見てもそうとうな美人だということはわかる。

身に纏っているのは栗色の豪奢なシャネルスーツだ。美貴子にも本家のものだとわかるデザインで、価格は軽く数十万円はするだろう。

金の装身具も絹のスカーフも軽やかなハイヒールも、すべて美貴子のような一介のＯＬには手の出ない価格のものだ。

無造作に横に流したように見える髪――ナチュラル・ウェーブのセットにしたところで相当な腕前のヘアデザイナーの手によるものだとわかる。

ということは、この女性は特別な階級に属しているということだ。美貴子とは住む世界が違う。

年齢はマヤや玲子よりさらに上だ。たぶん三十代半ばだろう。富で磨かれ、成熟しきった女の魅力が全身から匂いたっている。

美貴子は戦慄した。一種の感動からくる体のおののき。

（こういう人になら、何をされても……）

当然だという気がする。自分がまるで虫けらのような存在に感じられてしまう。

「不思議に思っているんでしょ？　どうして私のような女に責められることになったのか」

黒猫の仮面をかぶった女は薄く笑いながら言葉を口にした。美貴子の当惑を察して楽しんでいるのだ。

「はい……」

相手を直視しないように気をつけながら、正座して頭を垂れた姿勢の美貴子は素直に答えた。

「おまえは誕生日のプレゼント。私の夫が今晩一晩のおもちゃとして、私に与えてくれたわけ。そうとうに高い値段を払ったらしいけれど」

美貴子はまたショックを受けた。

（私が……おもちゃとして贈り物に……！）

つまりこの女はセリ落とした豹の妻なのである。豹は自分で楽しむためにではなく、妻の誕生日のプレゼントとして美貴子を獲得したのだ。

（そんな……）

美貴子は信じられなかった。何十万円という価格の宝石ならわかる。でも、ほんの数日だけのオモチャとして女奴隷を売り買いする人種がこの日本に存在するなどと今の今まで信じられなかった。

「わかった？　だから今夜は私がおまえの主人。私の好きなように責めて嬲りものにしてやる。それだけの権利があるのだから」

その酷薄な言葉を聞いた途端、美貴子の全身は震えおののいた。同時にジワッと秘部が濡れた。

その時、チャイムが鳴った。誰かが来たということだ。猫の仮面をかぶった女はテーブルの上の受話器をとった。

「わかった。待って」

美貴子に顎をしゃくってみせた。

「ベルボーイが私の荷物を持ってきたの。ドアを開けてあげなさい」

「えっ……!?」

美貴子は耳を疑った。自分はブラジャーもパンティも着けていない裸なのだ。

「何をマゴマゴしているのッ！」

叱咤されて美貴子は弾かれたように立ち上がった。

「ハイッ」

自分は抵抗できる立場にないのだ。恥ずかしさで目の前が暗くなり、膝がガクガクとして人形が歩くようだ。

ドアの前に行き、開くドアで身を隠すようにしながら開ける。

驚いたことに、小型のスーツケースをさげたホテルの従業員は、乳房も秘部もまる出しの若い娘を見ても、少しも表情を変えなかった。そのように教育されているのだろうか。あるいは猫の仮面をかぶった女客のことをよく知っている係なのだろうか。

「失礼します」

スッと部屋に入ってくる。女は仮面をつけたまま肘掛け椅子にゆったりと座って、ベルボーイに頷いてみせた。

「ご苦労さま。荷物はそこに置いて」

用がすんで出て行こうとする、制服を来た青年を呼び止めた。

「チップはその子よ」

「はあ……」

真面目そうな青年の表情に逡巡《しゅんじゅん》の色が浮いた。確かにこの青年もまた、女客のことを熟知していて仕えてきたのだ——美貴子はそう確信した。でなければもっと困惑するはずだ。

「ルビー、この人を満足させてあげなさい。おまえの口で」

「あ、はい……」

女奴隷は迷うことが許されない。ドアを背にして、ガーターベルトにストッキングだけの美しい娘はサッとひざまずいた。

「あ……」

ベルボーイの制服を着た青年は美貴子の手がズボンのジッパーをおろした時、少し狼狽した声を出したようだが、あとはほとんど自分で何かをすることもなく、黙って仁王立ちの姿勢を保っていた。

美貴子は彼のペニスを下着から摑み出してすでに勃起しつつあるそれを口に含み、舌を使ってしゃぶりたてた。

　表情には出さなかったけれど、全裸に近い美貴子を見て彼は欲情していたから、唇の奉仕を受けるとすぐにさらに激しく勃起して、快感の呻きを洩らしはじめた。

「ううっ……！」

　五分でベルボーイは、ガクガクと腰をうち揺すり、ひざまずいている美しい娘の口の中にたっぷりの精液を勢いよく吐き出して果てた。青臭い香りの液を美貴子が一滴余さず飲み干したことは言うまでもない。

　豹の妻だという女は美貴子の奉仕行為を楽しそうに眺めながら煙草をくゆらしていた。

「失礼します……」

　萎えたものをしまいこんで、ハンサムなベルボーイは顔を赤くして、そそくさと部屋を出ていった。美貴子は彼が胸に着けている従業員用の名札に記された名前をしっかり記憶した。

〝松永和夫《まつながかずお》〟

　それが彼の名前だった。

「男を喜ばせる舌づかいは身につけたようだね。でも、女に対してはどうかな」

　薄笑いを浮かべて女奴隷の口舌奉仕を眺めていた淑女は、立ち上がるとスーツの上着、スカート、ブラウスを無造作に脱ぎ捨てた。

スーツの下に着けていたのは黒いハーフカップのブラ、ウエストニッパーを兼ねた黒いガーターベルト、それに黒いレースのバタフライショーツという恰好だった。脚線は肌色のストッキングで包まれている。

ふつうなら贅肉のめだつ年齢だが、彼女の胴から腹部にかけてはよく引き締まって、醜いたるみはどこにもない。肌の色も白く、眩しいほどに輝いている。

たぶん、専門の施設でよく肉体を鍛えているのだろう。時間と金がたっぷりある階層でないと、これだけ若々しい肌とスリムな肉体を維持できるものではない。

セクシィな黒いランジェリー姿の熟女は、再び肘掛け椅子に、今度は浅く腰掛け、両脚を大股びらきにしてみせた。再び正座していた美貴子の目には彼女の股間がモロに視野に飛びこんできた。

黒い総レースの三角の布の下に光沢のある漆黒の秘毛が透けて見え、それが繁茂している丘はふっくらと豊かに、悩ましく盛り上がっている。

「さぁ、おまえの舌づかいがどんなものか、今度は私にやってみなさい。具合がよかったら快楽責めに直行するけど、よくなかったら鞭でお仕置きだよ」

女に招かれて、美貴子は彼女の股間に這ってゆき、魅惑的な女の秘丘に顔を近づけていった。

プンと芳香が鼻をついた。秘叢に高価な香水を振りかけてある。それが熟女自身の秘部の匂いとミックスして、男ならたちまち気が狂いそうな甘く官能的な乳酪臭となってたちのぼっているのだ。

「…………」

まずうやうやしくレースのバタフライショーツの上から唇を押しつけ、唇で秘核と秘唇を上下に圧迫するようにしながら舌を出し、黒いナイロンが二重になったクロッチの部分を丁寧に唾液で濡らすように舌を這わせていった。

女は両手を肘掛けにのせたまま、無言で美しい娘の秘部接吻を受けていた。

「う、ふっ……」

彼女の唇から熱い吐息が洩れてきたのは、二分ほどもしてからだった。ナイロンの布地は美貴子の唾液ばかりではなく、熟女の膣口から溢れてくる愛液にも濡れて、ぐっしょりとなっている。

「失礼します……」

囁くような声をかけて、美貴子は女の腰に手を伸ばし、バタフライショーツのサイドリボンの結び目を解いた。黒い三角形の布はハラリと床に落ちた。

「…………！」

熟れきった女体の最も神秘的な部分が美貴子の眼前に露呈し尽くされている。女は自分の秘部を年下の同性に見せつけることに、何の恥じらいも感じていない様子で、薄目を閉じた表情のまま、さらに股を割り、恥丘を突きつけるようにしてみせた。

「さあ、おまえの腕前を見せてごらん」

その声が欲情に昂ってかすれている。

（この人、すごく昂奮している……！）

秘部のありさまをひと目見て、美貴子は驚嘆した。愛液は大量に溢出して内腿や鼠蹊部を濡らしている。

秘丘を覆う艶やかな剛毛は両サイドをきれいに刈り込まれて、全体として秘裂の真上に槍の穂先のように立ち上がっている。大陰唇の隆起も小陰唇の展開のありさまも、非常に豊かで大ぶりなものだ。

「…………」

そっと両手の指を使って秘裂の内側の紅鮭色の粘膜を露出させる。その部分は薄白いというより、もう透明に近い蜜液にまぶされてキラキラと濡れ輝いている。むうっというチーズの匂いがより濃厚に鼻腔を刺激する。それは同時に食欲をもそそるような魅惑的な匂いだ。

（おいしそう……）

そんな思いさえ抱きながら、美貴子は自分より十歳以上も年上の美女の秘唇へ自分の唇を押しつけていった。

「あ、うっ……」

さっきまでの驕慢《きょうまん》な態度はどこへやら、女の唇からあられもない喘ぎ声と悦声が吐き出されたのは、美貴子がチュウチュウと音をたてて蜜液を啜りはじめてすぐのことだった。

女性器への口舌奉仕は、前に調教官マヤに要求されたことがある。また医務官の玲子も性器の検診後に自分に要求した。

女同士だから、どこをどう刺激すればどう感じるかということは、男性器に対する刺激や愛撫よりもよくわかる。しかし性感は極端に個人差があるから、自分が感じるところがこの女の感じるところと一致するとは限らない。

美貴子は丁寧に女の秘部に舌を這わせ、唇で吸い、時には柔らかく歯をたて、女体の反応を確かめながら口舌の奉仕を続けていった。その結果、クリトリスの下側から膣前庭を舌で刺激すると、激しく愛液が溢出するのがわかった。さらに膣口から舌を差し入れるともっと激しく愛液が迸り出てくる。

ためしに指を膣の中へと挿入しながら膣前庭を舌で、また逆に膣前庭とクリトリスを指で刺激しながら舌で膣口を刺激し、溢れてくる愛液を強く啜りこむようにすると、

「あう、むうう、ああっ……いい。そう、そこをもっと……。ああ、あああ」

乱れ狂った女の灼けるように熱い腿が美貴子の頭部を左右からガッチリと挟みこんだ。グンと下腹部が突き上げられて、美貴子の口中に熱い液体が迸るようにして注ぎこまれた。女性にもあるという射精現象に違いない。

(イッた……)

ほとんど窒息するのではないかと思うほど強く口をふさがれ腿で頬の部分を挟まれながら美貴子は一種の勝ち誇ったような満足感を味わっていた。自分など足元にも近寄れないような貴婦人を舌と指でオルガスムスにまで導いてやったことの。

それは常に辱められる女奴隷にただ一つ許される満足感だった。

「ううー、ううっ、はあー……」

何度か断続的に全身を痙攣させ、女奴隷の顔に蜜液をなすりつけるように下腹部を淫らに突き上げくねり揺するようにしていた女は、やがてぐったりと腿から力を抜いた。

「はあっ……。けっこう上手ではあるけど」

ものうげに言葉を口にすると、ふいに足先でグイと美貴子の肩を蹴りとばした。

「アッ」

ぶざまに仰向けに倒れてしまった女奴隷めがけて言葉が鞭のように飛ぶ。

「満点だと思ったら大間違いだよ！　アヌスを避けたね、おまえは。私のアヌスが汚れてでもいるというのかッ！」

「ああっ、お、お許しを……」

ひっくり返った美貴子は、あわてて正座の姿勢に戻り平伏して詫びた。マヤも玲子も確かに自分のアヌスを舐めるよう要求し、美貴子も従った。そのことをすっかり忘れていた。

「主人の前も後ろも自分の舌で清めるのが奴隷の役目。それを忘れた罪は重いよ。ふふ」

舌なめずりするようにして立ち上がった女は、ぶるぶる震えながら平伏している美貴子に鋭い声で命じた。

「そのスーツケースを持ってベッドルームにお行き！」


ベッドルームはクイーンサイズのベッドが二つ置かれた、広い部屋である。

女は美貴子にベッドの間の空間に待機の姿勢をとらせてから、スーツケースを開け、中のものを片方のベッドのベッドカバーの上に広げはじめた。

鞭が数本、革製の手枷、足枷、ボールギャグ、革製の拘束用下着、何本もの縄や革紐、バイブレーター、羽毛の刷毛《はけ》、蠟燭、浣腸器や薬品の類《たぐい》……。

すべて奴隷を責め嬲るための道具である。

「さて、最初はこれでお仕置きだよ」

濡れた秘部をむき出しのまま平然としている女が取り出してみせたものを見て、美貴子は一瞬、キョトンとしてしまった。

鞭である。しかし他の房鞭、乗馬鞭、一本鞭に比してずっと小ぶりだ。全体の長さが四十センチほど、柄の部分は金属性で、握ると掌に隠れてしまう。その柄から数本の黒い紐が伸びている。一本一本が靴紐ほどの細さしかない。しかも鞣皮《なめしがわ》を使っているらしく、まるで布を縒《よ》った紐のように柔らかそうだ。

ただ、先端から三センチほどのところに結び目が作ってある。

これまで一撃で皮膚が裂けるような牛追い用の鞭まで体験してきた美貴子にとって、そんなものは玩具のように見えた。

それが表情に現れたのだろう、女は薄笑いを浮かべた。

「こんなもの、たいしたことはない、と思っているんだろう？　まぁ、自分の体で体験してみるんだね。邪魔なものは脱いで、素っ裸になってベッドに仰向けにおなり！」

毛布とアッパーシーツをはぎ取ったベッドの上に全裸になった美貴子が言うなりになると、女は手枷と足枷を左右の手首、足首に嵌め、それをロープでベッドの四方に立つ柱にくくりつけて引っ張った。美貴子は両手両足を思いきり広げた、標本にされた蝶のように固定されてしまった。さらに腰の下に予備の枕が二個、あてがわれた。

白いたおやかな女体は弓なりに反り返り、黒い秘毛に囲まれた秘裂の部分を完全にさらけ出す屈辱的な姿勢を強いられた。美貴子の体が耳朶《みみたぶ》まで桜色に染まる。

「さて、私のアヌスを清めなかった罰だ」

女は本物の房鞭の縮小模型のようにも見える小型の紐鞭を手に美貴子の傍らに立つと、軽くその責め具をふるった。

ピシッ。

それは秘毛の丘をモロに直撃した。

痛みはさほどでもなかった。

しかし八本の細い皮紐――それも先端部に結び目のある――が扇状に広がりながら皮膚を叩く刺激は、強烈な鞭にはない、特殊な感覚を喚起するものだった。

（これって……!?）

美貴子は一瞬、戸惑いを覚えた。苦痛ばかりがこの鞭の役目ではないことに気がついたからだ。いや、苦痛は確かに感じられるのだが、与えられる場所が違う。

「ふふ、わかったようだね。これはおま×こ専用の鞭なんだよ。おまえのベトベト濡らしているいやらしいお道具をこれで鍛え直してやろうというわけ」

美貴子の顔に浮かんだ恐怖と戦慄の表情を見て、女は愉快そうに笑った。

性器専用の鞭があることを美貴子は初めて教えられた。同時にその威力も。

女はまるでハタキで埃でも払うかのように、美貴子の秘部にスナップを効かせた動きで二十センチそこそこの短さの細紐の房を叩きつけていった。

「あっ、あっ、ああっ……！」

女の敏感な粘膜、特に秘核の周辺をそれで叩かれると、苦痛と快感の入り混じった感覚が全身を駆け抜けた。

痛いのだ。痛みと痛みの間の空隙に快楽が生じる。くすぐったさを伴った不思議な感覚で、それを快感と言ってよいかどうかわからない感覚。それが痛みと混じり合って、若い娘の子宮をダイレクトに刺激する。

「ひっ、ううっ、あーっ、ああっ」

脂汗を流して悶え苦しみはじめた女奴隷の裸身を眺めおろしながら、猫のマスクをつけた貴婦人は楽しそうに笑った。

「どう、わかった？　カントフィップの威力が？　これを一時間やられて気が狂った女がいるんだって。おまえは何時間責めてやろうかね」

股をぎりぎりいっぱいに割り裂かれて無防備のピンク色の粘膜を打ち叩かれる裸女の呻き

が高まり、やがて悲鳴へ変わってゆく。

「あらあら、いくら防音された部屋だといっても、こんな豚が殺されるような悲鳴をあげられては……」

女はボールギャグを取り出した。ゴルフボールほどのプラスチックの球にいくつも穴を開けてあって、皮のベルトと尾錠で口の中に押しこんだそれを固定するようになっている。呼吸を邪魔しないで意味のある言葉を出せないようにする猿ぐつわだ。

「うぐー、ぐくう、うぐっ……むー」

透明な唾液をとめどもなく溢れさせて頬や顎を濡らす美貴子。溢れる涙。滴る汗。若い女の魅惑的な体臭がむうっとたちのぼる。

「だいぶ参ってきたようね。それでは一度、キリをつけてやろう」

女が狙いすました強烈な打撃を数度、クリトリスに浴びせると、美貴子は釣り上げられた若鮎のようにビーンと裸身を跳ね躍らせてイッた。

「ひーっ、いいいっ、うぐー！」

――しばらく意識を失ったようになった美貴子は、数分後、ようやく我にかえった。

その時、女はすでに次の責めの準備をすませていた。

「今度はおまえをこいつで楽しませてやろう」

女の股間にはペニスが生えていた。黒いシリコンゴム製の巨大な疑似男根。

それは底の部分が薄い黒革のパンティに接着されていた。女がそのパンティを穿くと、一時的な両性具有者となれる。つまり女を犯せる女に変身できる。

「ああー」

美貴子の顔が恐怖で歪んだ。

これまで同じような疑似男根を使われて膣と肛門を犯された経験がある。

本来は勃起力を失った男か、同性を犯したり結合する感覚を好むレズビアンの女性が用いる器具だが、女が持参したそれは、一番太い部分が缶ビールの太さほどもありそうだ。これは明らかに責め具以外の何ものでもない。

「ふふ、こいつはね、スーパーボーイという名前がついているの。アメリカのメーカーが特注で作ってくれるやつで、ちゃんと私のサイズに合わせてあるんだよ。直径は五センチ。おまえのおま×ことお尻の穴を、今夜はこれでたっぷりかわいがってあげよう」

美貴子は恐怖と同時に不思議な歓喜を味わっていた。

(こんな太いもので串刺しにされる……)

尿を洩らしそうなほど恐れおののいているのに、早くその器官で犯されたいと願う矛盾した感情。秘唇からまた薄白い液が溢れて腿を濡らした。

第十章　騎乗

【月例報告書】

戦士・鷲殿

貴下の前月分収支は左記のとおりです。差額は戦士団主計室の貴下口座に入金してありますので、ご了承ください。

（収入）

提供奴隷（ルビー）占有使用料（共同）

龍戦士より　60万円

豹戦士より　60万円

オークション返戻金（8人）　16万円

計136万円

（支出）

共有奴隷使用料

パール　　全日4回　20万円
　　　　　半日2回　5万円
サファイア　半日5回　15万円
ロビン　　全日4回　10万円
戦士団会費（当月分）　5万円
奴隷管理手数料　10万円
施設使用料（15泊分）　30万円
計　95万円

（差引残高）
（＋）　41万円

※年※月※※日

黒き欲望の戦士団　主計大尉
鯨（署名）

富豪の夫に、一夜のプレゼントとして女奴隷を贈られた熟女妻——猫の仮面を着けた貴婦人——は、全裸でベッドの上に大の字に縛りつけた若く美しい女奴隷を眺めおろしながら、楽しそうに笑った。

「おまえのおま×ことお尻の穴、どっちを先にかわいがってあげようか」

いやらしい手つきで、疑似男根の黒い亀頭部分を掌で撫でまわす女。猫の仮面の下で、唇が酷薄そうな笑みを浮かべて歪む。

哀れな受刑女奴隷の口にボールギャグを嚙ませたまま、猫の仮面をつけた淑女は、黒い高価なランジェリーに包まれた優雅な肢体を広げた脚の間に屈めてきた。

美貴子の腰の下には枕があてがわれ、秘唇もアヌスもまったく無防備な状態で同性による凌辱を待ち受ける姿勢をとらされている。

女はまず、腰を進めて張形の先端を淫靡に肉の花びらを割って薄白い液をトロトロと吐き出し続けている秘芯にあてがった。

カントフィッピングですでに一度、オルガスムスを味わわされた性愛器官である。充分に潤みきった粘膜に、めりめりと直径五センチのディルドオがめりこんでゆく。

「む、う、うっ、うぐぅ……！」

反り返る裸女の肌がさあっと紅潮し、脂汗がじわあっと噴きだしてくる。

「どう？　スーパーボーイの味は？　こいつは内側にも工夫がしてあるのよ。私のおま×ことクリちゃんを具合よく刺激してくれるようになってるの。つまり互い型ってこと。わかる？」

互い型とは、レズビアンが相互に同時に楽しむため、膣に挿入しあう双頭の張形だ。スーパーボーイと呼ばれる革製の特殊パンティは、その内側にも張形があって、そっちの部分はこの女の膣に深く挿入されているらしい。

「男が女を犯す時の感覚が、よくわかる。おまえの膣が締めつけるのが、こっちに伝わってくるからね。ほらほら、また締まって……。なかなかの名器よ。夫たちが夢中になるのも無理はないわね。泣き顔も泣き声も私のようなサディスティンをますますそそらせるし……」

男のようにぐいぐいと荒々しく腰を使い、たおやかな女体を串刺しにしたディルドオを抽送してくる女。

美貴子は子宮を強く突き上げられる苦痛が混ざった肉体的な快感を味わいつつ、同性に器具で犯されるという精神的な汚辱感にまみれ、説明のつかない昂奮で全身が火のように熱く燃え、肉が溶けてゆくような甘美な感覚を味わっていた。

「む、うぐ、ぐぐっ、うぐー……！」

美貴子は完全に理性も正常な感覚も失って、一夜の女主人に弄ばれるがままに叫び、泣き、よがり声をはりあげ続けていた。

　ピンポーン。

　来客を告げるチャイムが鳴った。

　美貴子に重なって犯し続ける動きを中断もせず、女は枕許のインタホン兼用の電話機で受けた。

「どなた？」

「私だよ」

　男の声だ。

「待って。いま開ける」

　ベッドサイドのコンソールボックスにあるスイッチの一つを押すと、ドアのロックが外れる音がした。さっきのように美貴子が行って開けてやらなくても、この部屋のドアは遠隔操作でロックが解除できるのだ。

「どうだ？　そのルビーという子は？」

　入ってきた男が訊いた。もう理性は痺れまともな判断力も喪失している美貴子の網膜に、豹の仮面をつけた男が映った。彼女をセリ落とした、本来の主人だ。

「最高よ、あなた。これまでの奴隷の中では一番責めがいのある、感度抜群のマゾ奴隷ね。こんな子を見つけてきてくれて、本当に感謝するわ」

「それはよかった。充分に楽しんでくれ」

「よかったら、あなたも一緒にどう？」

「そうだな」

「じゃあ、こうしましょうか」

妻は女奴隷を串刺しにしていた巨大なディルドオを引き抜いた。ベッドにくくりつけていた縄がほどかれた。ボールギャグも吐き出すことを許された。

「あなたはどっちがいい？」

妻が訊くと、服を脱ぎながら夫が答える。

「最初は前といこうか。その前に……」

仮面以外は何も着けない裸になると、やや中年太りの兆候をみせてはいるが、充分に逞しい肉体を持つ富裕な男は、とろんと焦点の合わない目をしている美貴子の髪を鷲掴みにしてグイと引き上げ、その頬を平手で数発張りとばした。

「ほら、ご主人さまにご奉仕だ！」

でんと胡座《あぐら》をかいた股間に顔を押しつけられ、黒ずんだ欲望器官を口にねじこまれた。

ほとんど条件反射的に舌を使い唇を使いだす、よく調教された性奴。ほどなく、巧みな刺激を受けて豹の欲望器官は隆々と天を睨む角度に屹立した。

「じゃあ、こうなって……」

全裸の美貴子は左を下にした横臥した姿勢で、背後から体を押しつけてきた女に上になったほうの右腿を抱えあげられた。

ローションがアヌスの周辺と肛門の内側に塗りこめられる。

「おまえは私たち二人を同時に楽しませるのよ」

美貴子の体の前に身を横たえた豹が、股間に手を伸ばしスーパーボーイの先端を可憐な菊襞の中心に導く。

「いいぞ」

「…………」

猫の仮面に黒いガーターベルト、ストッキングという妖艶な装いの淑女は、股間に装着した人工の凌辱器官を、膣よりは何倍もきつい肉孔へ押し込み始めた。

「ああっ、ひっ、おおおー……！　痛い、痛いですうっ！」

悲痛な叫びをあげ、許しを請い願う哀れな女奴隷の苦悶する肉体に、無慈悲に括約筋を限度いっぱいまで押し広げてディルドオがめりこんでゆく。

これまで調教官マヤが指導して施した徹底した拡張訓練がなかったら、その部分はたちまちにして裂けてしまっただろう。

「ひーっ！」

「ほらほら、暴れるともっと痛いよ。力を抜いて」

「それぐらいでいいか」

「そうね、あなたが入れる番よ」

ディルドオの亀頭部分までめりこんだところで、妻は侵略を中止して夫を促した。

美貴子は横臥して片脚を高々と持ち上げさせられている。そこに中年男の怒張した凌辱器官が押しつけられ、蜜液にまみれた肉の花弁を押し分けて性愛器官を犯してゆく。

「ああっ、ううっ、む、無理ですうっ、い、痛あぁいッ！」

すでに肛門からは太い人工の器官が入ってきている。そのために薄い筋肉と粘膜だけで隔てられた膣は、圧迫されてひしゃげているから、豹の男根は容易には挿入できない。だがこの戦士は自信満々だ。

「わめくな。これまで何人もがこうやって受け入れてる。入らないわけがない」

つまり、豹が妻と二人がかりで女奴隷を犯すのは、初めてではないということだ。

「ひーっ！」

泣き叫ぶのを無視して容赦なく無慈悲に柔肉を辱めてゆく。決然とした凌辱の意思に女奴隷の肉体は屈伏した。

前と後ろの肉孔に二本の男根と疑似男根を突きこまれて、美貴子はその孔を隔てる薄い膜が突き破られるのではないかという恐怖に襲われた。

実際、豹の肉器官とその妻が股間に装着した人工肉器官は粘膜の隔壁ごしに激しく摩擦しあって、それが強烈な刺激となって美貴子を狂わせていった。

彼女の裸身は逞しい男と柔らかい女の肉体にサンドイッチにされて激しく揺さぶりたてられた。前からは豹の牡の体臭が、後ろからは猫の牝の体臭が美貴子を包む。二人の喘ぎが頬と項《うなじ》にかかる。

「ああ、あなたを感じるわ」

猫が夫に告げた。

「おれもだ」と豹が答える。

彼らは美貴子の肩ごしにキスした。

性奴隷の肉体を介して夫婦は互いのサド性を満足させている。夫と妻の抽送の動きは、まるで草原で狩りをする肉食獣の夫婦のように、巧みに協調して若い娘をオルガスムスへと追いあげてゆく。

「いやっ、ああっ、ああ、死ぬ、死にます、うあああー……ッ！」

汗まみれの裸身が何度も反り返り、手足の爪先にまでビビッという痙攣が走る。口の端からは透明な唾液が、呻きや悦声と共にとめどもなく溢れ出す。

「おやおや、もうイッたの？　なんとまあ感度のいい子だこと」

若く美しい娘にオルガスムスを与え、釣り上げた魚のようにビンビンと跳ね躍るのを自分の体で感じながら、男がそうするように目を細めるようにして楽しげに眺めるサド気性の淑女。

息もたえだえの美貴子は二本の凌辱器官の串刺しから解放された。

——ようやく彼女が正常な意識を取り戻した時、彼女は後ろ手錠をかけられてベッドの横のカーペットの上に転がされていた。

顔を持ち上げてみると、ベッドの上ではさっきまで美貴子を前後から辱めていた豹とその妻が絡み合っていた。唸り、吠え、互いに噛みつくようにして、それは猛獣同士の交合と変わらない荒々しい情熱的なものだった。

美貴子は理解した。

（この夫婦は、私を共に責めることで互いの昂奮を高めていたんだ……）

互いの肉を貪り食らうようなセックスを終えると、夫婦は自分たちのべとべとになった性愛器官を美貴子の口で清めさせた。

「これで終わりだと思ったら、大間違いよ。まだ、これから朝まで、たっぷりかわいがってやるからね」

膣奥に放出された夫の精液を一滴余さず女奴隷に吸い飲ませた妻は、アヌスまで舌で清めさせながら、そう宣告した。


豹とその妻に奉仕してから二日後。

美貴子は会社が退《ひ》けても帰宅せず、ホテル・エメラルダス・アンバサダーに向かった。

松永和夫という、自分がフェラチオの奉仕をさせられたベルボーイ――客の荷物などを運ぶ従業員――を見つけ出し、話を訊くためだった。

彼は豹の妻の「チップはその子よ」という言葉に即座に反応した。

(ということは、あの客室には戦士たちがよく来て、そういった連中から同じようなチップ――女奴隷の性的なサービスを受けとっているはず……)

美貴子はそう確信した。

このホテルには最初の主人、鷹の調教の時も呼びつけられた。ひょっとしたら、あの邪悪な男たちの集団は、ここと密接な関係があるのかもしれない。自分たちが連れこまれる本部という場所は、このホテルの近くなのかもしれない。

その便利さゆえに、戦士たちが奴隷と楽しむためにここを使っているとしたら、あのベルボーイの態度も理解できる。

彼は美貴子を辱める道具として使われた。すべての従業員がそうではないだろう。何しろエメラルダス・アンバサダーは名門のホテルなのだ。それでは風紀が保てない。戦士たちと接触するのは、ごく限られた従業員たちに違いない。

（ホテルの誰かと話が通じているんだわ、おそらく……）

ともかく松永和夫に会えば、どういうことが行なわれているかわかるのではないか――そんな気がして、このホテルにやってきたのだ。

彼はすぐに見つかった。エントランスの近くに待機していて、客が来ると荷物を運んでいる。

美貴子は物陰からずっと彼を監視し続けた。このホテルと戦士団が関係しているとしたら、いつまた、大佐をはじめとする一味と顔を合わせるかわからない。向こうは彼女の顔を知っているのに、こっちは戦士の素顔を誰一人として知らない。その不利をカバーするために、美貴子はサングラスをかけていた。

夜十時になって、ようやくその日のシフトが終わったらしい。松永和夫は同僚や上司に挨拶してホテルの裏手へと抜ける従業員通路に向かっていった。たぶん、別棟にある従業員用の宿舎に帰るのだろう。

（今を逃したらチャンスはない！）

あらかじめ下見をしてあったから、美貴子は先回りをして、宿舎の玄関前で松永を待ち受け、呼び止めることができた。

「松永さん。松永和夫さん……」

サングラスをかけた若い娘に声をかけられて、まだ二十歳そこそこと思える青年は、驚いた顔をして立ち止まった。気はよさそうだがどこかおどおどした態度で、あまり女性にモテそうなタイプではない。

「誰、君は……？」

すぐ前に立って、美貴子はサングラスを外した。

「覚えてませんか。三日前にスイートルーム４０２０号でお会いしました。私、あなたの精液を飲まされた女です」

「あッ……」

青年は雷にでも打たれたような表情を浮かべた。まったく思いがけない待ち伏せだったに違いない。

「お願いがあるんです。あの部屋で私のような女性たちが、恥ずかしいことをさせられているんでしょう？　そのことで教えていただきたいの」

「だ、だめだ！　そんなことはできない！　ぼくらはお客のプライバシーを明かしてはいけないことになってるんだ」

振り切って宿舎に入ろうとする青年の背後から、美貴子は必死の声を投げつけた。

「もし、それが犯罪に関係していてもですか？　私たちはみんな自分の意志に反してひどい目にあっているんですよ！」

「犯罪？　意志に反して？　ひどい目に？」

ベルボーイは足を止めて振り返った。

「そうです。私たちが好きこのんで恥ずかしいこと、辛いことを耐えていると思います？　こんなふうなことをされてまで……」

美貴子は彼に背を向けるとフレアースカートの裾を思いきりまくりあげて見せた。夜で周囲に人の目がないからできた、思いきった行動だった。

「見て。誰が好きでこんなふうなことをされると思いますか？」

最初からそれを考慮に入れた上で穿いてきたTバックのスキャンティ。むき出しにされた白い二つの尻たぶに無残なドス黒い、鞭の跡が縦横に走っていた。それは透明に近いパンテイストッキングを透して、街頭の灯《あかり》だけでも、彼の網膜に焼きついたに違いない。

「う……」

思わず息を呑んだ青年は、しかし、それでもなお充分に魅惑的なむき出しの臀丘を眺めていたが、弱々しい声で言った。

「わかった。話だけ聞こう。ここじゃなんだから、別の場所で……」

彼は美貴子をホテルの裏側にある駐車場へと連れていった。そこは従業員や業者の車を停める場所で、係員もいない。彼はポケットから鍵をとり出し、一台の軽乗用車のドアを開けた。

「ぼくの車だ。シフトの関係でここの宿舎に四日泊まり、川崎にあるアパートには三日帰るんだ。その通勤に使っている車さ」

青年と並んで助手席に座ると、美貴子はわざとスカートの裾が乱れて太腿のずっと上まで見えるようにした。青年のもの欲しそうな視線が内腿に突き刺さる。

「どういうことだい？　犯罪というのは？」

「誘拐、監禁、強姦、輪姦、人身売買……。数えきれないほどあるわ。ひょっとしたら、あなたもその犯罪に荷担しているかも」

松永の顔色が変わった。臆病なのだ。

「よ、よしてくれよ。ぼくはただ、上から言われて、あの四十階の客には逆らわないようにしているだけなんだから。連中はBFゲストと呼ばれて、特別なんだ。他の客は絶対にあの階のスイートには泊まらないからね」

「BFゲスト？」

美貴子が聞き返すと、松永は頷いた。

「どういう意味かわからないけど、そう呼ばれて他の客とは区別されているんだ」

（BF……。Bはブラック、Fは……ファイター？　黒い戦士！）

美貴子のカンは当たった。この有名シティホテルの一部は、黒き欲望の戦士団のためにリザーブされている。

昂奮を抑えながら、美貴子はスカートの裾をさらにまくりあげた。透明に近い肌色のパンティストッキングに包まれた、むっちりと健康な脂肉ののった太腿が白いパンティに覆われた部分までむき出しになる。

ゴクリ。

ベルボーイとして働いている貧しい青年の喉が鳴った。唾を呑みこんだのだ。女体に飢えているのは明らかだ。

美貴子は真剣な顔と声で松永に訴えた。

「教えて。あなたがBFゲストについて知ってることを全部。タダで教えてとは言わない。ホテルの秘密を教える危険を犯すのだから、私もそれなりのものを払います。といってもお金がそんなにあるわけじゃない。この体を好きにするということで……どう？　もちろんひと晩じゅう好きなだけ、好きなことをしていいわ。あなたを喜ばせるどんなことでもします」

松永和夫は夢でも見ているのではないかという表情になった。凄味《すごみ》さえ感じられる美しく清楚な娘を、自分がモノにできるなどと信じられないのだ。

「わかった。じゃあ、どんなことを知りたいんだ」

彼の声は欲望でかすれていた。美貴子は彼の手をとって自分の太腿に導いた。すべすべした肌を撫でさせながら訊いた。

「そのBFゲストはどんなふうに説明されているの？」

「知っている者はそんなに多くないんだ。四十階に入れるのはメイドでさえ限られていてベルボーイでは、ぼくとあと二人ぐらいかな。支配人からは、絶対に四十階の部屋で見たり聞いたりしたことは口外しないようにと言われている」

「客はどんな人たちだって？」

「金持ちだけど変わった趣味の持ち主が集まって、みんなで金を出し合ってあの階を全部借り切っていると言うんだ。趣味って、たぶんSMのことだろう？」

「そうよ」

「女子高生みたいのから人妻みたいなのまで美人の女たちが客に連れられて来るけど、それもSMが趣味で金をもらっているんだから気にすることはないんだ、と言われたよ」

「ひどい……！　私たちはSMクラブから派遣されたM女か何かだと思われてたの？」

美貴子が激高して叫ぶと、青年はますます目を丸くした。

「違うのか？　そういう商売じゃないの？」

「違うわ。みんなごくふつうの生活してる女性。私だってふつうのOLなんだもの」

美貴子は気持ちを落ち着けて、最初に衆人環視の中で誘拐され、顔を隠した男たちに輪姦されたところから、自分の身に起こったことを打ち明けていった。

松永はだんだん怒りを覚えてきたようだ。

「じゃあ、誰かがあんたを、その、黒き欲望の戦士団というのに提供したというのか。本当だとしたら、ひどいやつがいるもんだ。卑怯だよ、だいたい」

「そうなの。そいつのおかげで私、戦士団のメンバーにたらい回しにされてオモチャにされ続けるのよ。その間、恋人を作ったりデートも許されない。だっていつ呼び出しがかかるかわからないんだもの。要求はますますエスカレートしてゆくし……」

青年は美貴子が思ったとおり義憤に駆られて叫んだ。

「そいつらは、このホテルと関係があることは確かだよ。ＢＦゲストの扱いは支配人がやってるんだから、戦士団の組織には彼も噛んでいるかも。案外、大佐っていうのは彼かもしれないぜ」

「まさか……一流ホテルの支配人が？」

「そうさ。ある程度の大物じゃないと、そんなふうに人間を動かす組織を作れないよ。よし、あんたが約束を守ってくれるんなら、ＢＦゲストのことをこっそり調べてあげよう」

若い、美しい娘の健康な体臭に刺激され、腿の奥まで触れさせてくれたことなどに感激したか、松永は美貴子の力になることを約束してくれた。

「嬉しい！　でも無理はしないでね。危険な連中かもしれないから」

「心配するなって。で、そのかわり約束は守ってくれるね？」

「私の体を好きにしたいのなら、今、これからだっていいわ」

この青年が怖じ気《おけ》づいたりしても、自分の肉体を思い出せば勇気が出るのではないか――そう思って、美貴子の方から松永を誘った。

彼は軽自動車を駆って突然に目の前に現れた娘を渋谷のラブホテルに連れていった。

「どんなことを私にして欲しい？」

部屋に入って美貴子は訊いた。たぶん、すぐにベッドに押し倒され、犯されるのだろうと思っていたら、松永は顔を赤くして、少し口ごもっていたが、ようやく自分の願望を口にした。

「裸になって、僕の顔の上に跨がってくれないだろうか。息ができないほど強く、乗って欲しいんだ」

美貴子は一瞬耳を疑ったが、すぐに笑顔を浮かべた。

「そうなの。あなたはマゾなのね……。いいわ」

松永は全裸になってベッドに仰臥した。美貴子もスキャンティを脱ぎ捨てて真っ裸になり、ベッドの頭の方を向いて彼の顔の上にシャワーも使わない、若い女の匂いがむんむんする秘部を押しつけるようにして跨がった。

ずん。

思いきり体重をかけると、彼の頭が柔らかい羽毛の枕にめりこむ。

「む、ググ……もっと強く」

青年は美貴子の秘毛の谷間の下からくぐもった声でせがんだ。

「じゃあ、思いきりやってやるわよ！」

美貴子は女らしさがたっぷり感じられる臀部を持ち上げ、またドシンとばかりに彼の顔面の上で跳ねてみせた。

「む、ぐー……」

「窒息させてやる」

　これまで一方的に男たちから辱められ、弄ばれるだけだった美貴子の体内に、不思議な活力が湧いた。

　太腿でぎゅううッと顔を挟みつけてやる。秘部と会陰部とアヌスの部分までを前後にスライドさせながら、青年の呼吸をふさいでは苦悶させ、ぎりぎりのところで瞬間的に息ができるようにしてやる。体の下でバタバタと手足をうち震わせる青白い肉体。しかし彼の股間では男性の欲望器官が驚くほどのスピードで膨張し、垂直に屹立する。

　美貴子は今度は彼の腹部の方を向いて松永の顔に跨がり、アヌスにキスするよう命じながら、彼の屹立を握り、しごきたてた。

「むむ、うぐッ！」

　悲痛な声が美貴子の股間から洩れた。

　青年の体が反り返り、白濁の液が勢いよく天井めがけて噴出した。

　結局、さまざまに彼の顔面を押し潰してやりながら、美貴子は青年の体から白い欲望の液を三度、迸らせてやった。

「感激です。もし新しい情報が手に入ったらまた顔に跨がってください」

「いいわよ」

青年の顔に喜悦の表情が浮かんだ。

「任せてください！　あいつらの秘密をすっかり暴いてやります！」

第十一章　肛虐

【戦士の識別指輪】

一、戦士団に入団を認められた戦士は、司令部より、識別禽獣が彫られた指輪を授与される。戦士として行動する際は右手薬指第三関節に指輪を装着しなければならない。

一、識別指輪は仮面同様、戦士団内部といえども貸借や譲渡を禁じる。違反したものは司令部により処罰される。

【奴隷の識別刺青と識別指輪】

一、司令部によって完全調教を終えたと認定された奴隷は、識別刺青を受ける。所有戦士はこれを拒むことができない。

一、刺青する位置は個別の事情により決めるものとする。刺青には、識別番号と戦士団のマーク、奴隷名を記さねばならない。

一、また奴隷は個別の奴隷名を記した奴隷用指輪を右手薬指第三関節に常に装着しなければならない。違反したものは司令部により処罰される。

《黒き欲望の戦士団・規約第四章二項》

松永和夫は戦士たちと正反対の嗜癖を持つ青年だった。つまり女性に虐げられることで激しく欲情するマゾヒスト。特に顔の上に跨がってもらう顔面騎乗に陶酔する。

彼の告白によれば、それはある白人女性客によって、初めて味わわされたことだという。

彼女は荷物を運んだベルボーイの不手際や無礼を責め罵り、青くなった彼が平身低頭して謝ると、それをいいことに深夜、彼を自室に呼びつけ、全裸にして侮辱と虐待の限りを尽くしたのだ。

それが青年の心の奥底に眠っていたマゾヒズムを目覚めさせたらしい。以来、彼はわざと女性客を怒らせて、叱責されたり罵倒されたりすることにいい知れない歓びを味わうようになった。しかし、これまで誰一人、最初の白人女性が与えてくれたような顔面騎乗の悦楽を与えてくれなかった。

そんな欲求不満を解消させてくれたのが美貴子だ。彼女が現れなかったら、松永は「女性客を怒らせてばかりいる従業員」として馘《クビ》にされていたことだろう。

「あなたのような女性をひどい目にあわせている男たちがいるなんて許せない！　そいつらの秘密を暴くためなら何でもやります！」

松永和夫はそう誓って、ＢＦゲストのやることに目を光らせ、情報を探ってみると約束してくれた。

（あれだけ用心深く行動している組織だからそう簡単には尻尾《しっぽ》を摑めないだろうけど、このホテルを舞台にしているなら、いつかはボロを出すかも……）

美貴子はそう信じることにした。戦士団も、彼女がホテルの従業員と接触するとは思ってもいないだろう。案外、うまくゆきそうな気がする。


数日後、共有主人の龍から呼び出しがかかった。

龍は、豹とはまったく違ったやり方で美しく清楚な女奴隷を迎えた。

仮面をかぶった戦士は五十歳前後と思えた。禿頭に猪首、肥満体ではあるが骨格は逞しく筋肉もしっかりとついている。かつてはプロレスラーだったのではないかと思うほどの肉体の持ち主だ。

全裸の上にバスローブを纏って待ち構えていた龍は、やってきた美貴子に、自分の目の前で全裸になるよう命じた。

最後の一枚の布片は、裏返しにして絶対的な支配権をもつ主人に手渡された。

スキャンティはミントグリーンで素朴はポリエステル。美貴子の最も女らしい部分に密着していたクロッチの部分は、それが出かける前に穿き替えたばかりだというのに、薄白い蜜液をたっぷり吸って、明らかなシミが広がっていた。

美貴子は真っ赤になって顔を覆った。龍は淫靡な笑みを分厚い唇に浮かべて満足そうに唸った。

「ここまで来るだけでこれだけ濡らしてしまう奴隷はおまえが初めてだ。一人前の奴隷として調教され尽くしたようだな」

彼は恐怖と期待、相反する感情が相克してぶるぶると小刻みに震える体を自分の膝の上に載せ、丸い魅惑的な臀部を百回ほどもがっしりした掌で叩きのめした。

悲鳴をあげて泣き叫び、白かった尻朶《しりたぶ》が二つとも真っ赤に染まって腫れあがるのを見、さらに満足そうに頷いた龍は、泣きじゃくる美貴子に後ろ手錠をかけ、真っ裸のままバスルームへと追い立てた。

そこには冷たい光を放つステンレスやガラス製の医療機器の類がセットされていた。すべて医務官、佐奈田玲子のクリニックで見た、肛門と直腸の診察と治療に使うものばかりだった。

　龍は強烈な肛虐マニアだったのだ。

　美貴子の裸身に恐怖のあまり鳥肌がたつ。

　嬉々《きき》として浣腸器をとりあげた中年のサディストは、タイルの床に座らせ、頭を下げお尻を持ち上げさせた若い娘の、菊襞の肉孔にガラスの嘴管を突き立てた。

「ひっ」

　冷たい薬液がチュルチュルと直腸に注ぎこまれると、すぐに蠕動が始まって強烈な便意が襲いかかる。

　後ろ手錠をかけられたまま正座の姿勢で、美貴子は仁王立ちの龍の股間にそそりたつ欲望器官を頬張らされ、舌と唇の奉仕を要求された。

「おれをイカしてみろ。それまでは出すことを許さん」

　龍は言い放った。

　脂汗が全身ににじみ出し、女奴隷の裸身は瘧《おこり》にかかったもののようにぶるぶる震えた。腸が暴れるギュウギュウグリグリいう音が狭い浴室の中に反響するほどだった。

　排泄の欲求に耐えながら、美貴子は必死になって龍の怒張をしゃぶりたてたが、歴戦の古兵は技巧を駆使した口舌の奉仕にびくともしなかった。

結局、龍を果てさせる前に美貴子の肛門の堰《せき》が先に切れた。

「あぁッ！」

口いっぱいに頬張ったものから口を離し、美貴子は膝で立ち、尻を掲げて悲痛な叫びをあげた。

汚物が括約筋をこじあけて噴出した。

「命令に背いたな」

バスルームの床を汚した女奴隷を冷ややかに見やり、龍はうふふと嗤った。

「まだ、こっちのほうの訓練は足りないと見える。今日は徹底的にしごいてやろう」

うそぶいたサドの男は、シャワーで洗い清めた美貴子の臀部に、濡れタオルを鞭にして強烈な打擲を浴びせながら冷酷に告げた。

——この４０２０号室は、一般客のわからない部分で巧妙に調教と拷問のための設備がなされていた。

ベッドは生贄を拘束しやすい、四隅に柱のついたものだし、天井を走る古い城館を摸したような木の梁《はり》は、人間の体重がかかってもびくともしない。壁のあちこちにはインテリアの一部のように金属製の環が打ちこまれていた。それは奴隷たちをどんな姿勢にも拘束するためのものだ。

広めの浴室も同様だ。たとえばシャワーフックは人間が一人ぶらさがってもいいように頑丈なものが取り付けられていた。それはシャワーカーテンのレースやタオル掛けの類も同じである。排水孔もよく見ると通常のよりも大きい。換気設備も強力のようだ。

美貴子が何よりも驚いたのは、バスルームの壁の一つが隠し扉になっていて、そこからかなり本格的な婦人科用の診察台が出現することだった。

そうすると洗面台の上の大きな鏡に、その上に載せられた生贄の最も無防備な部分が映し出されるようになっている。

そういった特別製の拷問室をかねた浴室の中で、美貴子はロープや鎖でさまざまな姿勢に拘束され、時には四肢を一緒にくくり合わされて捕われた獣のように宙にぶら下げられた。

水や湯、さまざまな薬液、最後には勃起した男根をアヌスから打ちこまれ、腸奥に熱い尿までを注ぎこまれて、美貴子は排泄の孔を栓でふさがれ、かつて味わったことのない凄絶な苦しみにのたうち回り悲鳴をあげ、泣き叫んだ。

全身から脂汗を流し、失神しそうなほどの苦しみに悶える美女の姿を眺めるのが、龍の最大の快楽のようだった。

美貴子は美貴子で、地獄の苦しみを味わいながら、また診察台の上に載せられて固縛された姿態を鏡の中で見せつけられ、死にたいほどの羞恥を与えられているのに、彼女の潤みきった秘唇からは空腹しきった赤子のような、涎にも似た薄白い液がタラタラととめどもなく溢れて会陰部から後門まで濡らす。

龍は、しかし、そんな発情しきった牝の器官にはまったく興味を示さない。彼は通常の性交とか凌辱にはまったく興味がないのだ。最初から最後まで彼の攻撃目標はアヌスだった。

浣腸と排泄の責めに続いて、さまざまなおぞましい形の医療器具が肛門から直腸へと押しこまれ、おぞましい感覚に美貴子が全裸の体をうち震わせ、呻き悶えながら泣き叫ぶのを見て龍の仮面をかぶった男は哄笑し、さらに淫虐な責め具を持ち出してくるのだ。

美貴子は診察台に固定されたまま龍にアヌスを貫かれ、彼が腸の奥で射精してから引き抜いたものを口に押しこまれて、また勃起させるよう命じられた。

二度、若い娘の直腸を楽しんだ龍は、自分だけシャワーを浴びるとバスルームを出ていった。

「ふふ、だいぶ参ったようね」

消耗しきって、半ば意識を失った状態の美貴子は、ふいに声をかけられてハッと目を開けた。

「あッ」

いつの間にか入ってきて診察台のそばに立っていたのは白衣を纏った医務官、玲子だった。

自分のクリニックで見せるのと同じ、冷たい微笑を口の端に浮かべて。

(どうして医務官がここに……？)

この美貌の女医の任務は戦士と奴隷の健康管理だ。調教官のマヤと違って、戦士が奴隷を調教している現場に現れることはないと思っていたのに。


「さて、私の出番よ」

玲子は手にした往診用の鞄を洗面台に置き、まず透明な薄い手術用ゴム手袋をはめた。

その背後から龍が入ってきた。彼がバスルームを出ていったのは、この女医を呼んで迎え入れるためだったらしい。医務官の前だからかバスローブを纏っている。

「何か手伝えることがあるかな」

「ほとんどないと思うけど、やりたかったら剃毛してもいいわ」

「よし」

備えつけの使い捨てカミソリとシェービングフォームの缶を持ってきた。

「ああ……」

白い泡をツヤツヤとした秘毛の密生する下腹部の丘にかけられた時、ようやく何をされるか察した美貴子は真っ赤になって顔をそむけた。

「おとなしくしていろよ。こら、股を閉じようったって無理だろうが。ふふ、綺麗にしてやるからな。ほら……」

龍はカミソリを使って若い娘の秘部を、生まれたばかりの赤ん坊のようにツルツルにそりあげてしまった。

「ううう、うっ……」

唇を嚙み締めて汚辱に打ちひしがれて泣きむせぶ若い娘に、準備を整えたらしい女医は冷ややかに言ってのけた。

「何を泣いているの。どうせ少ししたらまた生えてくるのに。でも、これからやることは、元どおりになるのに少し時間がかかるよ」

彼女のゴム手袋をはめた手には、アイスピックか文房具の千枚どおしを思わせる、錐のような器具があった。それは柄の部分は冷たいサージカルステンレスの輝きを放っている。美貴子は背筋が凍るようだった。

「やめて、やめてください……そんなことは……っ！」

消毒用アルコールをしみこませた脱脂綿で秘唇の部分を丁寧に拭われた時、初めて玲子が呼ばれた理由、自分がこれから何をされるのかを理解した女奴隷は、悲痛な声をあげて哀願し暴れた。

「同志・龍、この子を静かにさせて」

「わかった」

美貴子が脱いだパンティをとってくると、それを丸めて彼女の口に押しこんだ。

「む、うぐぐ……」

悲鳴も絶叫もその布片に吸われてしまった。

シュッ。

缶に入った圧搾空気を吹きつけて、女医は美貴子の小陰唇を片方の指でつまみあげた。

「それは……？」

龍が美貴子のセピア色した肉の花弁に押しあてられたものを見て疑問を口にした。

「これ？　ただのワインのコルク栓。これが一番いいのよ」

そう言って、肉の花弁の内側から外側に向けて、一気に錐を突き立てた。先端は反対側に待ち受けているコルクの中にブスリと突き刺さった。

「む、うーッ」

耳朶に似た肉の厚みを錐で貫かれた痛みに若い娘はびくびくと裸身をうち震わせた。

「そうよ、耳にピアスするのより痛くないでしょ？」

手早くステンレスの小さな環を装着させながら女医は言う。

もう一方の小陰唇も簡単に錐で貫かれ、同じようにピアスがとりつけられた。手早く周辺を消毒して、それで女奴隷の肉体を加工する作業は終わった。

まったく手慣れた動きだ。この医務官はこういう作業に慣れているに違いない。

玲子は診察台の背もたれを少し上げて、美貴子が自分の秘唇をよく見えるようにしてやった。

「ほら、かわいいリングがついた。なかなかチャーミングね。一日二日痛むかもしれないけれど、すぐに傷口は塞がるから心配はいらない。これが消毒薬と抗生物質。おしっこのあとはよく拭いてから塗っておきなさい。理由もなしにそれを外すのは許されないことよ。わかった？」

医務官は苦痛と汚辱にうちのめされて啜り泣いている娘に、なおも告げた。

「喜びなさいよ。ラビアピアスをしてもらえるのはAクラスの奴隷だけなんだから。まあ奴隷の勲章ね。そうそう、一年のお勤めを終えたら最後はちゃんと刺青もしてあげる。そんなにギョッとすることはないわよ。ここに入れてあげるから」

美貴子の綺麗に剃りあげられた秘丘を撫でた。

「おまえのここはけっこうみっしり生えているから、ここに刺青をいれても毛で見えなくなる。心配することはない。なに、ＢＦという頭文字と組み合わせたルビーという文字を彫りつけるだけだから、そんなに大きくない。それはおまえの身分証明なの。今度の戦士団の司令部会議で異議がなければ認識刺青の施術が承認される。そうしたら、私がこの手で彫ってあげる。機械だからアッという間。そうね、筋彫りに十五分、色をさすのに十五分、三十分でできちゃうから」

パンティを口から引き抜かれると、女奴隷はまだ恐怖におののきながら嗚咽し続けた。

診察台からおろされ、ベッドに行くよう命じられた。

「ほら、ピアスのお礼を医務官にするんだ」

龍が尻を叩いて、全裸になってシーツの上に仰臥する玲子の、広げた脚の間に美貴子をひざまずかせた。

「うふふ、訓練が行き届いているね。最初の頃に比べたら、ずっとうまくなった。さすがにA級と審査されただけのことはある……」

腰を突き上げながら美人女医が言うと、女奴隷の肛門を背後から犯しながら龍が呻く。

「ケツの穴も最高だぜ……」

医務官・玲子が告げたように、美貴子のラビアに穿《うが》たれた孔は二日目には、強く環を引っ張らない限り、痛むこともなくなった。

しかし、剃毛されたせいで通常より露骨にむき出されて見える秘唇にとりつけられた小さなサージカルステンレスのピアシング・リングは、パンティを脱ぎ穿きするたび、美貴子に否応なしに、

(私はここまで奴隷化されたのだ……)

という絶望感を与え、彼女を打ちのめす。

しかも当分の間、秘部の剃毛を命じられている。

(でも、それ以上のことが待っている……)

美貴子の耳は、あの知的な美貌の持ち主、レズビアンの女医の言葉を甦らせるのだった。

「一年したら、最後はちゃんと刺青をしてあげる……」

思い出すたび、若い娘の全身を戦慄が走り抜ける。剃られた秘毛はまた生えてくる。ラビアに穿たれた孔も放置しておけばふさがってしまい、わずかな痕しか残らないものだ。しかし刺青は、死ぬまで肌に刻みこまれたままなのだ。たとえ秘毛がそれを覆い隠すにしろ……。

(ひどい……。私の体にそんなことをするなんて……)

しかし、その時のことを考えて恐怖に震えおののくと同時に、なぜか甘美な感情も湧き上がってきて、子宮が疼き、秘唇の奥がしっとりと潤うのはなぜだろうか。理性では否定していることを、美貴子の肉体はしっかりと肯定している。

（私はそんなに彼らの思うがままの奴隷にされてしまったのかしら？）

唇を嚙み締めて必死に否定しながらも、トイレでパンティを脱ぎおろすたび、若いＯＬの指は必然的に秘唇にぶら下がるイヤリングとほぼ同じ大きさの二つの金属環に触れてしまう。

自分の股間で時に触れ合ってチャリンという澄みきった音を鳴らす、見ようによっては可憐とも思えるピアスリングを、気がついてみたら軽く引っ張り、痛みが走るのを楽しんでいたりするのだ。


穿孔されてから四日目のこと、昼休み前の職場に電話がかかってきた。

「私よ、マヤ」

冷酷で残忍で、しかし蠱惑的な魅力の持ち主、調教官の美女は電話線の向こうから淡々と指示を下した。

「この前のセリの時、おまえに渡したカプセルを憶えているだろう？　あれを今夜、使いなさい。おまえが服《の》むのではない。弟に服ませるのだ。特殊なビタミン剤だとか、理由は何とでもつけるがいい。なに中身は睡眠薬なのだ。弟は熟睡する。そうしたら……」

常識では絶対に遂行し難い行為をするようにと、調教の専門家は命じた。

「そんな……」

喘いで声を詰まらせた美貴子は、あわてて声を低めた。周囲には同僚の目や耳がある。マヤはそれも計算して職場に電話してくるのだろう。

「期限は今週中。命令に従わなければ、どうなるかわかる？　玲子が言ったと思うけれど、おまえは奴隷識別用のタトゥを入れられることになっている。恩情で毛に隠される部分にしてやろうと思っているけど、背いたなら罰として臍の上にでも入れてやる」

そう言って含み笑いと共に一方的に電話を切った。美貴子は一瞬、眩暈さえ覚えて、机に突っ伏しそうになった。

（ひどい……！　そんなことを私に……）

昼休みになった。しばらく感情が落ち着くのを待って、美貴子は廊下の隅にある公衆電話から松永和夫のアパートに電話した。ホテル・エメラルダス・アンバサダーのベルボーイは今日は非番で家にいるはずだ。

美貴子は弟と二人住まいのアパートが監視されていると信じている。彼女しか知らないことを戦士団が知っているからだ。盗聴装置もあるのかもしれない。だから連絡は必ず外部からするようにしている。

和夫は家にいた。

「美貴子さん？　連絡をくれてよかった。実は発見したことがあるんだ」

美女にいためつけられることを喜ぶ若者の声は弾んでいた。

会社から帰る途中、美貴子はターミナル駅で降りて、喫茶店で和夫と待ち合わせた。若者は一枚のフロッピーディスクを彼女に手渡した。

「何、これ？」

美貴子は怪訝《けげん》そうな表情を浮かべた。

「いろいろ観察していると、やっぱり支配人が怪しくてね、一度、支配人室の中のものを運び出すように言われて中に入ったことがあるんだけど、業務用のパソコンの他に、デスクの後ろにもう一台、パソコンが隠すように置かれているのさ。だから昨夜、支配人が帰ったあとにこっそり忍びこんで、そのパソコンを動かしてみた」

「まあ……」

美貴子は畏怖の表情を浮かべた。このおとなしそうな青年がそこまで大胆なことをするとは思ってもみなかった。

「見つかったら大変なことになるでしょうに……」

「大丈夫さ。ちゃんと注意してやっているから……。ところで、そのパソコンは通信専用になっていて、専用の電話回線で外部と連絡をとるようになっていることがわかった。通信記録はソフトに電子的な鍵がかかっていて、パスワードを入れないと読めないようになっていたけど、支配人の書きかけの電子メールだけは鍵がかかっていなかった。そこでフロッピーにコピーしてきたんだ。プリンタを動かすわけにはゆかないからね。美貴子さんはパソコンを持っている？　だったらこれを読んで欲しい。彼らの計画の一端がわかると思う……」

「弟が持ってるから、彼のいない時にそのフロッピーを読んでみるわ。本当にありがとう。何と感謝していいかわからないわ」

「いいんだよ、ぼくは、その……顔面騎乗さえしてもらえれば」

若者の顔は被虐の期待に燃えていた。二人は近くのラブホテルに行き、美貴子は言いつけに背いてこっそり秘唇からピアスを外した。

「ごめんね、こんなふうに剃られて、孔まで開けられてしまったけど」

パンティを脱いで全裸になった二十二歳の娘は、やはり全裸になって仰臥し、早くも欲望器官を垂直に屹立させ、充血した亀頭から透明な液を滲み出させている若者の上に跨がった。それから一時間、女奴隷の身から女王に変身した美貴子は、若者の体を自分の臀肉で押しつぶしながら、三度、白い液を噴きあげさせてやった。


——美貴子がアパートに帰ったのは十時近かった。

弟の雅也には遅くなると留守番電話に吹きこんでおいた。てっきり家にいるものと思ったが、食卓の上に「仲間と呑み会があるので、十二時ごろに帰ってくる」という書き置きがあった。

（ということは……今なら弟のパソコンを使えるということね）

雅也の部屋に行き、ちょっと後ろめたさを覚えながら机の上のパソコンの電源を入れた。

彼はパソコン通信やインターネットに熱中していて、時には明け方までパソコンに向かっていることも珍しくない。

オペレーティング・システムは美貴子が会社で使っているものと同じなので、機種が違っていても操作は一緒だ。フロッピーディスクを入れて読みこませる。これも互換性のある機種で書かれたものだから、なんなく読みこむことができた。

支配人が書きかけていたという電子メールがディスプレイの上に表示された。

《送信先：戦士団幹部同志へ。
用件：二周年記念祝宴開催の件。
発信元：司令部／大佐

取扱い：秘匿度A
（以下本文）

『黒き欲望の戦士団』発足二周年を迎え、戦士も百名の定員に達するのを記念して、来る＊月＊日の総会後、全戦士を招集しての祝宴を開催したいので諸同志のご賛同を願いたい。

場所は戦士団司令部では手狭なので、ホテル・エメラルダス・アンバサダーの迎賓館を貸し切りにする予定。内部に立ち入るのは関係者と奴隷ＯＧのみ。

現役、調教中、ＯＧの奴隷をできるだけ参集させたいので、諸同志のご協力を願いたい。

また、その席で今年度中に調教が完了して認定され未だ認識刺青を受けていない奴隷の公開刺青式を行なう予定。その奴隷名を記す。

（以下奴隷リスト）

本年一月捕獲奴隷
サファイア（戦士・犀）

……

》

捕えられた月ごとに分けられ、調教ずみと認定された奴隷名が二十人ほど次々とディスプレイの上に流れるように表示されてゆく。

息を呑んで凝視する美貴子の目に、自分の奴隷名が飛びこんできた。

六月捕獲奴隷
ルビー（戦士・鷲）

では、自分を戦士団に提供した男の戦士名は鷲というのだ。

（鷲の仮面をかぶっていた、あの若い男！）

美貴子は意外の念に打たれた。彼は誘拐のあとの最初の輪姦凌辱の時から加わっていた。ひときわ若々しい肉体の持ち主だったから記憶に残っているのだ。その後の二回目のセリの前の味見——希望者による輪姦の時も、一番最後に彼女を犯した。

（驚いた。私はてっきり会社で目をつけた、誰か中年男かと思っていたのに……）

鷲という若い戦士は、何の理由があって自分を選び、戦士団に提供したのか。

美貴子はその時になってハッと思い当たった。

(待って……！　戦士が提供するのは自分のごく身近な者だと中尉が言っていた。ということは……？)

美貴子はまた眩暈を覚えた――。

第十二章　拷問

《送信先：戦士団全戦士
用件：記録抹消命令
送信元：司令部／少佐・象
取扱い：読後抹消のこと
（以下本文）
昨日、緊急連絡で報告したとおり『黒き欲望の戦士団』に関する情報漏洩があり、大佐は逮捕された。
ホテル・エメラルダス・アンバサダーは緊急取締役会を開き、大佐を専務取締役より解任、同時に総支配人を罷免した。
本部には家宅捜査が行なわれ大佐のパソコンは押収された。しかしハードディスク内の記録は抹消された後だったので、戦士諸君並に奴隷に関する記録の秘密は守られている。ついては諸士の所持している戦士団に関する記録を即刻、すべて抹消されたい。

戦士・犀らが工作しているので、おそらく、戦士団の捜査活動はほとんど暴露されることなく速やかに終息するであろう。憂慮される必要はないと確信する。

大佐不在の間の戦士団は、総則にのっとり少佐・象が指揮するが、警察の捜査が終わるまで一切の活動は停止する。通信手段を全て廃止するので、これが司令部最後の連絡である。活動再開の日まで、諸士の無事を祈る。
※※月※※日23時15分
『黒き欲望の戦士団』臨時指揮官・象》

美貴子の弟、雅也が帰宅したのは真夜中近くだった。

二十歳の美大生は、二つ年上の姉がパジャマ姿でキッチンにいるのを見て、少し驚いた。OL勤めで朝の早い彼女は、いつも十一時には眠るのに。

「どうしたの？」

このところめっきり、男くさいほどの精悍さを見せるようになった若者は、やや酒の匂いを漂わせている。

「別に……。ちょっと眠れないだけ」

姉は鼻を鳴らすようにしてみせた。

「また飲んできたのね」

「うん。合コンだったから……」

「そうだ。お酒のあとにはこれがいい、って会社の人にもらったの。飲んでみたら？」

自分の部屋から掌に一錠のカプセル剤を持ってきた。弟はそれを手にしてしげしげと眺めてみる。

「ふーん、どんな効き目があるの？」

「胃の荒れを抑え、肝臓の働きをよくして二日酔いを抑えるんだって」

「それは具合よさそうだね。じゃあ試してみよう」

雅也はなんの疑問も抱かずにそれをコップ一杯の水と共に呑みくだした。

「さて、風呂に入って寝るとするか」

「私も寝ようっと……」

姉は自分の部屋にひきこもった。

やがてシャワーを浴びた弟もベッドに入ったようだ。アパートの中は静かになった。

（そろそろ効く頃ね……）

ベッドに入って眠ったふりをしていたが、闇の中で美貴子は目を開けたままだ。
耳に、今日の昼間、調教官マヤから職場の彼女にかかってきた言葉が甦る——。
《この前のセリの時、おまえに渡したカプセルを覚えているだろう？　あれを今夜、使いなさい。おまえが服むのではない。弟に服ませるのだ。特殊なビタミン剤だとか、理由はなんとでもつけるがいい。なに中身は睡眠薬なのだ。弟は熟睡する。そうしたら彼の部屋に行き、寝ている彼を裸にして愛撫し、交わりなさい。薬が効いて三時間の間は絶対に彼は目が覚めない。しかしペニスは刺激を受ければ勃起する。そういう薬だし、若い男の体はそうなっている》
実の弟を薬で意識不明にしておいて一方的に犯す——近親相姦という禁断の肉交を犯せと冷酷な美女は厳しい口調で命じたのだ。
《期限は今週中。命令に従わなければ、どうなるかわかる？　玲子が言ったと思うけれど、おまえは奴隷識別用のタトゥを入れられることになっている。恩情で毛に隠される部分にしてやろうと思っているけど、背いたなら罰として臍の上にでも入れてやる》
呆然としている美貴子の耳に無慈悲なサディスティンは無気味な含み嗤いを残して電話を一方的に切った。
（ひどい……！　そんなことを私に……！）

この前、弟の部屋のドアの前で全裸オナニーをやれと言われて、とうとう全裸にはなれなかった時、マヤたちはその事実を知っていた。

ということは、このアパートの中に美貴子の立ち居ふるまいすべてを監視する装置が仕掛けられているとしか思えない。

目の前が暗くなり、しばらくは何も考えることができなくなってしまった美貴子だった。

――そして今、美貴子は闇の中でわりと冷静でいる自分が不思議だった。


「雅也、起きなさい、雅也……」

パシパシと頬を叩かれて、若者は目を覚ました。

しばらくの間ぼうっとしていて、まだ夢を見ているのだと思っていた。

仰向けに寝ていて、ベッドの横に立った姉が自分を見下ろし、頬を叩いている。単に目を覚まさせるにしては、結構強い力で。

「痛いなあ、やめてよ」

夢にしても姉の態度は解せない。いつも自分に優しい彼女がどうしてそんなに力を入れて叩くのか理解できず、弟は文句をつけた。いや、つけようとした。

「うぐふぐぐ……」

言葉が出てこないので愕然とした。

その後に続いた一連の驚愕の、それは始まりだった。

口の中いっぱいに柔らかい布きれが詰めこまれて、声がふさがれているのだ。吐き出そうとしたが、唇を割って紐のようなものが嚙まされているので――それはパンティストッキングを縒ったものだったが――吐き出そうにも吐き出せない。

（ど、どうして猿ぐつわなんか……？）

それを外そうとしたが、左右いっぱいに広げた両手がまったく動かない。見ると手首に縄が絡みついていてベッドの脚のほうに伸びている。足もだ。大の字に仰向けにベッドに縛りつけられているのだ。まるで生体解剖される実験動物のように。

そこで雅也は気がついた。

何も着ていないのだ。ブリーフまで脱がされて真っ裸にされている。

「うぐ、うぐッ！」

ペニスまで姉の視界にさらけ出しているのだ。さすがに若者の顔は真っ赤になった。

（ええッ？　どうして姉さんがぼくにこんなことを……？）

ようやくハッキリしてきた頭で、二十歳の青年はなんとか事態を把握しようと試みた。

理解できるのは、熟睡しているうちに姉が自分の弟を全裸にして、猿ぐつわを嚙ませ、少しの身じろぎもできないぐらい厳重に縄でベッドに縛りつけたということだ。

そして、そんなことをした姉は、薄い嗤いを浮かべている。冷ややかな嗤い。そんな無気味な笑みを、雅也はかつて見たことがない。

「むー、うぐー、くくッ！」

なんとか自由になろうと、顔を真っ赤にして暴れる弟。やがてそれが無益なことだとわかってきた。まるで専門家が縛ったように、暴れれば暴れるほど縄は肉に食いこんでくる。

弟の困惑し狼狽している様子を眺めていた美貴子は、ようやく口をきいた。表情と同様、冷ややかな声の調子は弟の背筋に寒いものを走らせずにはおかなかった。

「なにをあわてているの、雅也。筋書きとそんなに変わっていないでしょう？　ただ、ぐっすりと眠ってしまったのだけは不覚ね。あのカプセルはただの胃腸薬だったんだから、間違ってもそんなはずはなかったのに」

美貴子はパジャマのポケットからもう一錠のカプセルを取り出して見せた。

「これが、マヤに渡されたカプセル。きみが服んだのは本物の睡眠薬。一昨年《おととし》、私が失恋でノイローゼ気味になった時、医者からもらったやつが残っていたの。さすがによく効いたわね。アルコールが入ってると効きめが倍増すると言ってたけど本当だわ。死んだみたいになって、こっちが心配したぐらい」

雅也の顔が青ざめた。

「うぐ……」

情けない顔になった弟に、美貴子は右手を握り拳にして突き出した。その薬指に奇妙な指輪が嵌まっていた。金属に鷲の頭部が図案化された形が浮き彫りになっている。

「戦士・鷲くん。身分を証明するものを机の抽斗《ひきだし》にほうりこんでおくなんて、ちょっと不用心じゃない？」

「うー……！」

雅也はノックアウトパンチをくらったボクサーのような衝撃を受けた。

「私も、すっかりだまされていた。『黒き欲望の戦士団』なんて組織に捕まり、セックスの奴隷にされてしまったことを、雅也だけには知られたくないと思っていたけど、きみはすべてを知っていたのね。私の様子が筒抜けになるのも不思議はないわ。自分の弟がスパイだったんだから。いや、違う」

若者の血も凍るような表情を見せて、美貴子は睨みつけた。

「私を獣みたいな男たちの集団に売り渡した本人なんだから！　それが人間のやること？」

雅也はそれでも必死になって考えていた。

（どこでどうして最後の秘密が姉にばれたのだ？）

指輪だってただ抽斗の中に入れておいたわけではないのだ。徹底的な捜索をしなければわからない場所だった。そこまで姉が疑惑を抱くようなミスをどこで犯したのだろうか。

美貴子は弟の思考を読んだ。

「ふふ、どこでバレたか考えてるのね？　私だって人間よ。考えるわよ。どうして自分がこんな目にあわなければいけないのか、考えに考えて考え抜いたわ。セックス奴隷だから何も考えないと思ったら大間違い。ぎりぎりまで追い詰められたら奴隷だって死に物狂いになって情報を集めるのよ。そうしたら、私——ルビーの所有者は鷲という戦士だということがわかった。鷲は最初の誘拐から参加していた若い男。ひょっとしたらそれはきみではないかと思ったところから始まるの。だったらきみのパソコンにデータが入ってるはずだと思って……」

またパジャマのポケットから何かを取り出した。三・五インチのフロッピーディスクだ。

「この中に何が入っていると思う？　きみのパソコンのハードディスクに収まっていた、戦士団に関するあらゆるデータをコピーしたものよ」

「うー……」

雅也は唸りながらも首を横に振ってみせた。

「おやおや、信じないのね？　『ぼくのパソコンのファイルはセキュリティ・ソフトを使っているから、パスワードを入れないと開かないようロックがかかっている……』そう、言いたいんでしょう？」

　雅也はカッと目を剝いた。まさに図星だったから。

「安心していたみたいだけど、自分の戦士名をパスワードに使っていたなんて迂闊《うかつ》ねえ。EAGLEと打ったらロックは外れたわよ」

　雅也は信じられなかった。姉はパソコンのことなど知らないだろうと侮《あなど》ったのが墓穴を掘ることになった。

「きみは大佐にずいぶん信頼されていたのね。ゆくゆくは幹部将校にと期待されていたみたい。部外秘のデータまで持ってるんだもの。しかし貴重なデータがいっぱいだった……。パソコン通信による同士集め工作、組織、規約、戦士と提供奴隷のリスト、きみが夢中になったパールをどうやっていじめて楽しんだか、その日記。私が誰に売られてどのように弄ばれたかの報告書。さらにあなたが計画して、何も知らない無邪気な弟といった顔をしながら、私をどのように操り、平然と私を犯し続けたか、その記録。さらに戦士団の本部の位置とその指揮官——世間は名門ホテルチェーン、エメラルダス・アンバサダー東京の総支配人がそんな邪悪な秘密組織の首領だと知ったら、どう思うかしら？」

　三発目のKOパンチだった。

弟の顔色からして、大佐の正体は絶対的な秘密で、戦士団の中でも、ごく少数のものしか知らなかったのは明らかだった。

「それでも明日は日本じゅうで大勢の人間がそれを知ることになるわよ。きみが帰ってくるまでに、私と雅也の正体だけを伏せた三枚のフロッピーを投函してきたんだから。警察と新聞社とエメラルダス・アンバサダーチェーンの会長宅に……。この世の中で、身内の女を提供してセックス奴隷にしてみんなで楽しみ合う鬼畜の集団が存在すると知ったら、どういうことになるかしら？　まあ、戦士の中には有名人や政財界の名士も多いみたいだから、最後はうやむやにされると思うけど、それでも戦士たちはそうとう冷や汗を流すことになると思うわよ」

雅也は姉の言葉を聞かされて、完全にうちのめされたようになった。不滅かと思われた『黒き欲望の戦士団』を、姉はたった一人でアッという間に壊滅させてしまったのだ。

「さて、というわけでセックス奴隷ルビーの話は終わり。これからはきみの話を聞かせてもらう番ね」

美貴子は彼の部屋の押し入れを開けてボストンバッグを取り出した。

雅也の顔は青ざめ、次にまた真っ赤になった。姉の捜索はパソコンの内部や机ばかりではなかったのだ。そして雅也が自分の秘密の趣味のための道具入れを発見してしまった。

「鞭、拘束具、蠟燭、バイブレーター、浣腸とアナル責めの道具……。だいたいは私も見慣れたものが入っていたけれど、これは初めてというのがあったわ。きみのプレイ日記によれば実に強力な責め具みたい。これでパールという子——女子高生よね？——を、気絶するまで責めまくって昂奮した部分は迫力あったわよ」

雅也は、姉が取り出して自分の顔に突きつけてきたものを見て、恐怖で完全に凍りついたようになった。

姉が手にしたのはスタンガンだった。

高圧二十万ボルトの静電気を発生させ、相手に強烈な感電ショックを与え抵抗力を失わせる。使いようによっては失神させることも可能という強力な護身用の武器だ。美貴子が最初に誘拐された時も、それを使われた。

雅也もまた、拷問道具としてサファイアや他の女奴隷たちを相手に使って楽しんできた。その一部始終はパソコンの中の日記に詳しく記してある。姉はそれに目をとおしたのだから使い方も知ってしまったわけだ。

「では、きみの尋問を始めようか」

二つ年上の美しく魅力的な姉は、弟の目の前で平然としてパジャマを脱ぎ捨てた。

若い官能美が眩しく輝く瑞々しい裸身が見上げる弟の前にさらけ出された。女の最も神聖な部分を覆う薄い白い木綿のパンティに手をかけて、ふいに唇を噛むようにして姉は頬を紅潮させながら言った。

「見るがいいわ。雅也！　やつらが私の体にどういうことをしたのか……！」

勢いよく最後の布片を引きおろし爪先から抜き取ると、一糸まとわぬヌードを肉親の目にさらすよう直立して見せた。

「………」

彼女の下腹の、本来なら黒々とした秘毛のあるべき部分は奇麗に剃りあげられて童女のようだ。その下の魅惑的な丘から股間に走る亀裂の部分を、腿を広げるようにして姉は弟に見せつけた。

ふっくらした両側の肉の隆起から突出したセピア色の肉の花弁に、キラリと冷たい金属の輝きが見えて、動いた拍子にチャリンという澄んだ音が立った。

「見た？　奴隷のしるしとして孔を開けられて、こんなものまでつけられたのよ。ここも、そのうち刺青を彫られるはずだった。きみは私がそんなふうになるのを望んだのね。心ばかりか肉体まで改造されてゆく奴隷に……」

全裸の姉はスタンガンを構えた。

「これから私の質問に答えてもらうために、猿ぐつわを外す。でも、注意しておくわね。口をきくのは私に答える時だけ。自分勝手にひと言でもしゃべったら、こいつでひどい目にあわせてやる。いいね？」

姉が警告したにもかかわらず、雅也は口から布切れを取り除かれたとたん、しゃべり出した。

「姉さん、悪かった。実は……」

「黙れ！」

美貴子は夜叉の顔になってスタンガンを弟の胸に押しつけてスイッチを押した。

バシバシッ！

青白い火花が乳首の近くで飛んだ。

「うわあぎゃああ、うげええゥッ！」

全裸の若者は白目をむき出しにして絶叫した。四肢を拘束された仰向けの裸身がぎゅうんと弓なりにのけぞり、全身の筋肉が痙攣した。

高圧の電流が肉体を流れる時、神経がズタズタに裂かれ骨がバラバラになり体の内側から獣の鋭い爪でかき毟られるような苦痛を味わう。

「うぐ、くくうふぐ……」

彼は大型トラックに轢《ひ》かれたような衝撃と苦痛を味わい、しばらくの間は口をきくこともできなかった。

「おやおや、これは効くわねえ。まあまあ、おしっこを盛大に洩らして」

美貴子は嘲笑した。雅也は羞恥を感じる余裕はなかった。彼を圧倒しているのはガラリと変貌した姉の非情さ、残忍さだった。

(姉さんは本気だ……!)

雅也の内部でがらがらと崩壊するものがあった。真っ黒な絶望が彼に襲いかかった。二十歳の若者はおいおいと泣き出した。しかし慟哭《どうこく》する若者を見ても美貴子は眉のひと筋も動かすものではない。

「メソメソ泣くんじゃないッ。でないともっと電圧をあげて、そうだな、ここにでもぶちかましてあげようか」

縮みあがったペニスをつまみあげ睾丸に電極をあてがってくる。

「や、やめて、やめてくれ、姉さん!」

「『やめてくれ姉さん』だって? それがおまえの言うこと? 私は戦士たちに辱めを受け嬲りものになっている時、何度、やめさせてくれるよう神に祈ったことか。でも神は助けてくれなかった。おまえも神に祈ることね。できるのはそれだけなんだから」

美貴子は冷笑さえ浮かべながら、弟の睾丸にスタンガンを押しつけてボタンを押した。

「ぎゃあああぐぅッ！」

雅也は絶叫してまた全身を跳ね躍らせた。

睾丸を馬にでも蹴飛ばされたようなショックと苦痛。それから立ち直るためには数分かかり、シーツは洩らした尿と滴り落ちる脂汗でぐしょ濡れになった。

（こ、殺されるかもしれない……！）

姉を邪悪の集団に売り渡した若者は、姉がどれほど怒り狂っているかを身をもって知らされ、心底震えあがった。

「じゃあ、私の質問に答えなさい。戦士団に私を売り渡して自分が戦士になろうなんて考えが、どこから湧いてきたのか。言っておくけど正直に答えるのよ。でないと今度はケツの穴に食らわせてやる」

弟の日記を読んで、女子高生の身で奴隷にされたパールが、どんなふうに悶絶したかを知っている美貴子がそう脅かすと、弟は真っ青になった。パールは大量の尿と糞便をまき散らして失神したのだ。

「ぼくは、ぼくは……姉さんが好きになったんだ。男として……。それが発端なんだ。どんなに好きでも絶対に自分のものにならない存在だから、とうとうやけになってあいつらに売り渡したんだ！」

雅也は姉の残酷な拷問に屈した。泣きながらすべてを告白しはじめた。

雅也が高校の時に姉は就職して東京で暮らし始めた。二年後、一浪してから東京の美術大学に入った彼は、姉と一緒にアパート暮らしをするようになった。その時初めて、しばらく別れていた間に姉がすっかり魅力的な女になっていたことに気づき、愕然としてしまった。

まだ童貞だった若者は、美貴子の女の魅力の虜《とりこ》になって日夜、悶々として過ごしていた。

実の姉に恋した若者はある日、パソコン通信の中で奇妙なメッセージを見つけた。

《調教代行／黒き欲望の戦士団
●あなたの恋人、妻、セックスパートナーに不満はありませんか？
●マゾ調教のベテランたちが、あなたに代わって、どんな女性でも短期間に献身的な性奴隷に調教してさしあげます……》

（不思議な広告だな……）

興味を抱いた雅也は〝黒き欲望の戦士団〟という組織の代表だという「大佐」なる人物にメールを出してみた。最初はふざけ半分で「自分の姉でも調教を頼めるか」と訊いてみたのだ。

すぐに返事がきた。

「もし貴下が姉上を我々に差し出す覚悟があれば、喜んで調教を引き受けよう。しかも無料で……」

戦士団というのは、身近な人物、妻、恋人、家族の一員である女性を提供して、それを共有の奴隷として楽しむ組織だという。

メールをやりとりしている間に――それは明らかに洗脳の一種だったに違いない――雅也は姉を戦士団に提供し、他の奴隷たちと一緒にその肉体を自分の快楽の道具とするという悪魔的なアイデアに魅せられてしまった。

ある日、シティホテル、エメラルダス・アンバサダーの一室に呼ばれた彼は、獅子の仮面をつけた大佐と会い、ビデオや写真を見せられながら戦士団の活動について説明を受けた。

その時、大佐はこう言って雅也をそそのかしたという。

「我々はこの世のモラルとは無縁の集団だから、誰が誰の肉体を貪ろうと関係ない。もし君が望むなら、調教の最初の段階から姉上を犯せるようにしてあげよう。なに、他にも自分の娘を差し出して犯す父親もいるのだから驚くことはない」

そのひと言、そして実際に夫が妻を、父親が娘を、兄が妹を提供して他の男に凌辱させ、また自分も仮面で正体を隠して凌辱に加わっているビデオや写真が雅也を決意させた。

「では、姉を提供します。性奴隷にしてください」

美貴子に関するすべての情報が戦士団に渡され、大佐は直属の兵士たちに誘拐と監禁調教を指示した――。

美貴子とほぼ同時期に捕獲された人妻奴隷のカメリアは夫によって、少女奴隷パールは父親の手によって戦士団に提供されたのだ。もちろん彼女たちはそのことを知らず、日夜、家族に露見することを恐れつつ、戦士団の言いなりになっている。

――そこまで聞いた美貴子は、憤然として叫んだ。

「なるほど。それで雅也は、私を犯し辱め、同時に他の奴隷たちも楽しんでいたのね。なんという身勝手な男なの。女を何だと思っているの！」

身を震わせて激怒する姉の姿を見て雅也は恐怖に襲われた。涙を流して哀願した。必死になって叫んだ。

「許して！　ぼくだって最近は後悔していたんだ。間違ったことをしたと……」

「嘘ね。現に今晩は、私を操って、自分と性交させる気だったじゃないの。おまえは悪魔に魂を売って、人間以下の存在になった。獣なのよ！」

フンと冷ややかに鼻を鳴らした全裸の美しい娘。その目の色を見て、雅也は絶望感に襲われた。そこには慈悲のひとかけらもなかったから――。

しかし、驚いたことに、次の瞬間、美貴子は微笑したのだ。

「さて、この獣をどうやって人間に戻してやろうか……」

数日後の新聞に、いきなり解雇され、業務上背任の容疑で逮捕された名門ホテルチェーン、エメラルダス・アンバサダー東京の総支配人が、留置所の中で心臓発作を起こして死亡したという記事が掲載された。それが何を意味するのか、理解できたのはごく少数の人間たちだけだった。

エピローグ

数カ月後、大手商用ネット『ワンダーネット』の中にある〝掲示板〟というコーナーに次のようなメッセージが掲示された。

《ストレス解消に男性奴隷を提供します
●日常生活のストレスがたまってイライラしている二十代から三十代の女性（既婚、未婚を問わず）の皆さん。私の所有している男性の奴隷を相手にすかっと遊んでみませんか？　ストレスなどきれいに吹き飛んでしまいますよ。苦しめば苦しむほど昂奮する、精力絶倫の変態奴隷です。
●また、言うことをきかないであなたを悩ませている恋人、夫、セックスパートナーがおられますか？（異性の家族でもOK）
私たちサディスティン（S女性）集団が彼らを短期間に献身的な奉仕奴隷に調教して

さしあげます。
●報酬はいただきません（ただし当方の条件を承諾していただける方のみ）。
●詳しくはID＊＊＊「ルビー」までメールで問い合わせてください》

この作品は一九九六年八月マドンナ社より刊行された『仮面の調教　女肉市場――下半身の品定め』を改題したものです。

GENTOSHA
OUTLAW
BUNKO

二十二歳《にじゅうにさい》の穢《けが》れ

館淳一《たてじゅんいち》

平成21年12月5日　初版発行

発行人――石原正康
編集人――菊地朱雅子
発行所――株式会社幻冬舎
〒151-0051東京都渋谷区千駄ヶ谷4-9-7
電話　03(5411)6222(営業)
　　　03(5411)6211(編集)
振替00120-8-767643
印刷・製本―図書印刷株式会社
装丁者――高橋雅之

幻冬舎アウトロー文庫

ISBN978-4-344-41412-9　C0193　　O-44-12